― 書き下ろし長編官能小説 ―

孕ませ里の叔母

伊吹功二

竹書房ラブロマン文庫

目次

この作品は、竹書房ラブロマン文庫のために
書き下ろされたものです。

第一章　美しい叔母の誘惑

穏《おだ》やかな春の夜だった。大学生の日高真悟《ひだかしんご》は、その日のアルバイトを終え、自宅アパートでゆっくりと寛《くつろ》いでいた。

「今日もよく働いたなあ」

心地よい疲れに満足し、床に大の字になって寝そべる。開いた窓から夜風に乗って、電車の走る音が遠く聞こえていた。

目を閉じると、まぶたの裏に一人の女性が浮かぶ。

「瑞季《みずき》さん——」

彼は恋をしていた。相手は、アルバイト先の上司だった。川奈《かわな》瑞季、二十八歳。真悟より七歳年上の正社員で、彼ら学生アルバイトの指導役を務めている。細身《ほそみ》だが、バイタリティ溢《あふ》れる女性であり、何より美しかった。

彼女を思うと、胸が疼《うず》く。だが、その思いは一方的な憧れに過ぎない。学生の真悟にとって、瑞季はあまりに眩《まぶ》しい存在だった。さらに彼は童貞だった。生まれてから二十一年、女性と付き合ったことすらなかったのだ。

「ハアァ……」

悶々とした思いばかりが募《つの》っていく。無意識に真悟は、右手で股間をまさぐっていた。女を知らない陰茎は、みるみるうちに膨《ふく》らんでいく。

「ハアッ、ハアッ」

いよいよ本格的に自慰を始めようというとき、突然玄関のチャイムが鳴った。

今時分に誰だろう？　驚いた真悟は慌ててズボンを穿《は》き、そうっとドアスコープから外を窺《うかが》う。

「真悟ちゃん、あたしよ。いるんでしょ」

「翔子《しょうこ》叔母さん!?」

真悟はすかさずドアを開ける。訪ねてきたのは意外な人物だった。安達《あだち》翔子は母方の叔母にあたるが、顔を合わせるのは二年ぶりになる。

「久しぶりね。入ってもいい？」

「え……ああ、うん」

「お邪魔します」

とまどう真悟をよそに、翔子はヒールを脱いで部屋に上がる。

「へえ、男の子の独り暮らしにしては、結構きれいにしてるじゃない」

「物がないだけだよ」

突然何をしに来たのだろう？　真悟は訝《いぶか》るが、不快には思わなかった。彼女のことは昔から好きだったのだ。山形の片田舎で、三姉妹の次女として育った翔子だが、いち早く家を飛び出したという、独立心旺盛な女性だった。ファッションセンスもよく、彼はそんな叔母を尊敬し、淡い憧れをも抱いていた。

この日も、叔母はスタイリッシュだった。春らしい淡い色彩のジャケットと、揃いのタイトスカートが、いかにも都会の大人の女という感じがする。彼女が部屋に入ってきただけで、六畳一間のアパートがパッと華《はな》やいだようだった。

「真悟ちゃん、悪いんだけどお水もらってもいい？」

問いかけられて、真悟はハッと我に返る。

「う、うん……あ、ウーロン茶ならあるけど」

真悟は一つきりのグラスにウーロン茶を注《そそ》ぎ、自分の分はマグカップに入れて、こたつ兼用の卓袱台《ちゃぶだい》に置いた。

「ありがとう。何だか喉《のど》が渇いちゃって」

翔子はグラスを受け取ると、喉を鳴らして一気に飲んだ。

「あー、美味《おい》し。春は嫌ね、埃《ほこり》っぽくて」

グラスを置いた翔子は冗談めかして言った。

真悟も、思わぬ再会の驚きからようやく落ち着きを取り戻していた。

「ところで、僕んちの住所を誰から聞いたの」

「ここ？　えーと、誰だったかなあ。姉さん？　いえ、母さんだったかしら」

姉さんというのは、真悟の母のことだ。しかし、実際は誰から聞いたかなど問題ではない。何しろ親戚なのだ。ただ、話のとば口として彼は言い出したに過ぎない。

そんな甥《おい》の気持ちを察したのか、翔子から訪問の理由を切り出した。

「実はね、男と喧嘩して飛び出してきちゃったんだ。だけど、姉さんはほら、海外にいるし、近場で頼れるところが真悟ちゃんしかいなかったから」

やはりそんなところか。真悟は得心する。昔から翔子は男出入りが激しかった。若くして一度結婚したが、三年も経《た》たずに離婚し、以降は付き合う男をとっかえひっかえする、恋多き女だったのだ。

真悟はそんな叔母の自由さに憧れ、羨ましくも思っていた。しかし、マジメ一方の母などは、妹の派手な交友関係を快く思っていなかった。現在は父と夫婦で海外に住んでいるが、そうでなくても翔子は姉を頼りはしなかっただろう。

「嫌だわ、ストッキングに穴が開いてる」

ふと漏《も》らした翔子は、俯《うつむ》いて崩した膝の横辺りを見ている。

「脱いじゃってもいいかしら」

「え？　ああ、うん」

思わず真悟は答えるが、言った本人は彼の承諾を必要としたわけではなかった。

「よいしょ、っと」

彼女は立ち上がると、キョロキョロと辺りを見回す。だが、ひと間きりのアパートに物陰はなく、すぐに諦めたようだ。

「まあ、真悟ちゃんだけならいいわよね」

そして弁解するように言いながら、無造作にスカートの中へと両手をたぐり入れ、その場でパンティストッキングを脱ぎ始めた。

だが、真悟からすれば、気にならないはずもない。とっさに目を逸《そ》らしたものの、一瞬垣間《かいま》見た翔子の熟《じゅく》したヒップラインが目に焼き付いて離れない。

「どうしたの。もう済んだわよ」

気付くと、翔子はまた前と同じように座っていた。

「う、うん……」

一方、真悟の胸はまだ昂《たか》ぶったままだった。叔母にとっては幼い「甥っ子」のままかもしれないが、いまや彼も立派な成人男子なのだ。ましてや童貞の彼からすれば、いくら親戚とはいえ、生身《なまみ》の女の体は目の毒だった。

そんな彼のとまどいを知ってか知らずか、翔子はこんなことを切り出した。

「ところで、真悟ちゃんは今、付き合ってる女の子はいるの？」

「え。何なの、突然」

「だって、気になるじゃない。真悟ちゃん、今年いくつになるんだっけ」

「二十一。夏で二になるけど」

「なら、恋の一つや二つあってもおかしくないでしょ。大学生なんだし」

「うん……」

「それとも——あら？　もしかして、絶賛片想い中だとか？」

恋多き女だけに、彼女が甥の恋愛事情に興味を寄せるのも無理はない。

かたや図星を指された真悟は、瞬《また》く間《ま》に顔を赤らめる。

「う……。まあ、翔子叔母さんになら話してもいいかな」

叔母がこうなったら後に引かないのは分かっている。彼は観念したように言うが、本心では恋愛マスターの彼女に意見を聞いてみたい気持ちもあった。

「実は、今働いているバイト先の人なんだけど――」

真悟は秘めた思いを語り出す。今から三ヶ月ほど前、早々《はやばや》と単位取得に目途《めど》がついた彼は、空いた時間でアルバイトを始めた。大学ＯＢに紹介されたイベント会社だ。職場は学生バイトも多く、額に汗して働くのも楽しかった。そのとき出会ったのが川奈瑞季だった。

「まあ。それじゃ一目惚れしちゃったってわけね」

翔子は目を細めて甥の恋愛話に合いの手を入れる。

真悟は続けた。

「うん。だけど、それだけじゃないんだ。あるイベントの後、打ち上げがあって、珍しく学生バイトも呼ばれたんだけど――」

打ち上げの席では、若者が多いこともあり、宴は大盛況となった。自《おの》ずと羽目を外す者もいて、中には気分が悪くなる学生も出てきた。

「――瑞季さんは、そんな学生たち一人一人を気遣っていたんだよ。自分も疲れているだろうにね。そのとき、なんて素敵な女性なんだろうと思ったんだ」

「ふうん。なら、その思いを伝えたらいいじゃない」

 こともなげに言う翔子に対し、真悟は言葉が詰まってしまう。

「そ、そんな……。できないよ」

「どうして？」

「だって、向こうは七つも年上だろう？　おまけにバリバリのキャリアウーマンで。こっちは学生バイトだよ。相手にされるわけないじゃんか」

思わずムキになる真悟に、翔子はやさしく笑みを浮かべる。

「そんなの関係ないわよ。あたしだって、今年もう四十よ。それでも今付き合っている男――喧嘩しちゃったんだけど、彼はひと回りも年下なんだから」

「ってことは、二十八歳？　やっぱすごいな、翔子叔母さんは」

真悟は心底驚くが、翔子ならさもありなんという気もする。甥の目から見ても、叔母は美しかった。よそで四十歳の女と聞けば、「中年のオバサン」以外の何物でもないが、彼女に限っては、重ねた年齢が色香となって魅力を増している。

だが、叔母に対して、「きれいだ」などと言える器用さを彼は持ち合わせていなかった。

一方、翔子もしばらく考え込むようだったが、甥の顔を見つめるうちに、ふと思い当たったように言い出した。

「ねえ、真悟ちゃんって、もしかしてまだ女を知らないんじゃない？」

「えっ……!?」

童貞を見透かされた真悟は言葉を失う。

「やだ。やっぱりそうなんだ」

彼女は言うと、話に本腰を入れるようにジャケットを脱いだ。

一方、真悟は俯いたまま顔が上げられない。恋愛話だったはずが、成り行きから妙なことになってしまった。

ブラウス一枚になった翔子は、さらに追及を続ける。

「本当にこれまで一度もないの？　キスは？」

「──ない」

「本当に本当？　へえ、今どきの子ってそうなのかしら」

彼女は心底驚いたように言う。

一時気まずい沈黙が訪れた後、真悟は消え入りそうな声で言った。

「イヤだなあ、からかわないでよ──」

だが、そのとき俯いた彼の目に飛び込んできたのは、翔子の太腿《ふともも》だった。先ほど座り直したせいでスカートの裾がめくれており、かなりギリギリまで露出《ろしゅつ》していたのだ。

卓袱台の陰から窺える生脚のなまめかしさに、「見てはいけない」と思いつつも、視線は自ずと吸い寄せられてしまう。

「からかってなんかいないわ。真悟ちゃん、これは大切なことよ」

叔母の改まった口調にようやく真悟も面《おもて》を上げた。

「え……？」

「もう一度聞くね。いい？　これまでに、そういうお店にも行ったことはないの」

「お店って、デリヘルとかそういう——うん、ないよ」

「そう。じゃあ、本当に何にも経験ないんだ」

翔子が恋多き女であり、昔からその類いの話が大好物だということは真悟も知っている。だが、それにしても今回は執拗《しつよう》で、その内容もあまりに露骨だった。

「どうしたっていうの、翔子叔母さん。そんなのどうだっていいじゃないか」

恥ずかしさも相まって、さすがの真悟もついムキになる。

すると、翔子は黙って彼の手を取り、おもむろに自分の胸へとあてがった。

「ほら、分かる？」

「えっ？　ちょっ……」

手に伝わる温もりに、真悟は衝撃を受ける。思わず腕を引こうとするが、翔子がしっかり押さえているため動かせない。

翔子の顔が近かった。

「ダメよ、逃げちゃ。もっとちゃんと触って」

「う……だって」

「ねえ、柔らかいでしょう。これが女の体よ」

彼女は言いながら、重ねた手で乳房を揉《も》みほぐすよう促《うなが》す。

真悟は頭がカアッと熱くなって、何も考えられなくなっていた。

「うう……」

服の上からだが、乳房は叔母の言うとおり柔らかかった。温かく、揉むほどにいかようにも形を変えるのだ。

「マシュマロみたい――」

「ウフフ。そう？」

気付くと、翔子は体が触れるほど近寄っていた。

「真悟ちゃん、男の匂いがする」

吐息混じりに言いながら、彼女は真悟の首筋にキスをする。

ゾクッとする感触に真悟は身を震わせた。

「はうっ……何を——」

「んん？　何って、分かんないの」

鼻に掛かった声は、いつもの叔母ではないようだった。唇はさらに首筋を這《は》い上がり、やがて彼の耳たぶを咬《か》んだ。

「大人のキスを教えてあげようか」

耳元で囁かれ、真悟は打ちのめされたようになる。頭はボウッとし、全身がカッカと燃えたぎるようだ。感覚が麻痺《まひ》して、現実味が薄れていく。

次の瞬間には、翔子の顔が正面にあった。

「真悟ちゃん」

「し、翔子叔母さ——んむぅ」

甘い芳香とともに、熱い唇が押しつけられていた。

しっとりとした感触に目が眩《くら》む。無意識に真悟はまぶたを閉じていた。

「肩の力を抜いて」

翔子はやさしく語りかけながら、角度を変えて何度も唇を重ねた。

やがてぬめった舌が入り込んでくる。

「ふぁう……んむむ」

「真悟ちゃんも、ベロ出して」

これが大人のキスなのか。真悟は呆然《ぼうぜん》としつつ、翔子のリードに従った。自らも舌を差しのばし、唾液《だえき》の溜まった女の口内を無我夢中でまさぐった。

次第に翔子の舌使いも熱を帯びてくる。

「んふぁ……レロッ。ちゅぱっ」

両手で彼の顔を挟み、舌と舌を絡《から》ませてきた。

「真悟ちゃん、上手よ。初めてとは思えないわ」

「だって、翔子叔母さんが——むふうっ」

真悟も頭では、自分が今とんでもないことをしでかしているという自覚はあった。何しろ相手は叔母なのだ。親愛の情を表わすフレンチキスくらいならあり得るかもしれないが、これは明らかに男女が互いを欲する行為だった。

(でも、仕掛けてきたのは向こうなんだ)

必死の言い訳が、頭の中を繰り返し巡る。それだけ、初めてのディープキスは想像を超えた歓びをもたらした。女の唇の柔らかさ、甘い匂い、唾液を貪《むさぼ》るという行為、それら全てが良識を軽々と飛び越えてしまうのだった。

ところが、不意に翔子がキスを止めて顔を離した。

「ごめんね」

「えっ……？」

突然、はしごを外された真悟は絶句する。

「いきなりだから、ビックリさせちゃったでしょ。いけない叔母さんね」

「いや、そんなこと――」

気まずい空気が流れる。やはり翔子はからかっていただけなのだろうか。

「僕の方こそ、ごめん……」

本気になりかけていただけに、真悟は急に恥ずかしくなってきた。初めてのキスに興奮し、我を忘れてしまったのだ。

だが、翔子が気に掛けていたのは、全く別のことだった。

「大事なファーストキスなのに、真悟ちゃんが好きな人じゃなく、あたしが奪っちゃったね」

「え？　いや、それは――」

なんだそんなことだったのか。なぜか真悟はホッとしていた。

「――いいよ。僕、翔子叔母さんのこと、好きだし」

相手が瑞季ならとても言えないようなことも、叔母になら素直に言えた。

その言葉は、翔子を喜ばせたようだった。

「まあ、うれしいわ。やっぱり良い子ね、真悟ちゃんは」

「う、うん。だって正直、気持ちよかったというか……」

「そうみたいね」

翔子が言いながら見つめていたのは、真悟の股間だった。

「こんなに大きくなってる」

「うっ……」

気付いたときには、ズボンの上からテントをまさぐられていた。

「すごく、硬い。若いのね」

「ああ、翔子叔母さん、マズイよそれは」

「叔母さんに見せてくれる？」

そして断る暇もなく、翔子の手が巧みにズボンを脱がせていく。

「ちょっとお尻を上げて」

「うん」

真悟は後ろ手をつき、脚を投げ出した恰好で、下半身を晒《さら》すことになった。

股間の逸物《いちもつ》は、隆々とそそり立っていた。

「すごいわ。真悟ちゃんのこれ、こんなに逞《たくま》しくなって」

翔子は勃起《ぼっき》したペニスを惚れ惚れと眺める。

かたや真悟は顔を真っ赤にしていた。

「あんまり見ないでよ。恥ずかしいから」

「どうして？　恥ずかしがることないわ。こんなに大きいのに」

「だって……」

「あたしはね、真悟ちゃんがほんの小さい頃から知ってるのよ。一緒にお風呂にも入ったじゃない。あの頃はオチ×チンだって鈴みたいに可愛かったのが、今じゃどう？　もう立派な男性よ」

翔子はそう言うと身を屈《かが》め、硬直を逆手に擦《こす》り始める。

「はううっ……マ、マズイよ。そんなことしたら——」

真悟の全身を快楽が駆け巡る。女の柔らかい手つきが、自分でするのとはまた違って、何だかやるせない気持ちにさせるのだ。

「ほら、見て。こんなに硬く反《そ》っているの」

「ハアッ、ハアッ。だって、そんなに強く——」

「先っぽからおつゆが溢れてきた」

「うあぁぁ、翔子叔母……くふうっ」

「もったいないわ。こんなに立派なオチ×チンを使ってないなんて」

翔子は煽《あお》るようなことを言いながら、上目遣《うわめづか》いに挑発してきた。

自ずと真悟の腰が浮いてしまう。

「はううっ……チ×ポをそんな、揉みくちゃにして──。ヤバいよ」

女の細指で扱《しご》かれ、太茎が自ら吐いた透明汁で輝いている。

翔子は逸物に顔をグッと近づけて言った。

「叔母さんに舐《な》めて欲しい？」

「うう……」

真悟の目が叔母と合った。言葉は理解できるが、あまりの衝撃的な内容に返す言葉が出てこない。

しかし、体は正直だった。

「うふふ。ピクンッてした。欲しいのね」

翔子は言うと、俯いて口を大きく開けた。

（あー、翔子叔母さんにフェラチオされる──）

そのとき真悟には全てがスローに見えていた。普段の気さくな叔母とは違う、黒く欲望に飢えた目の女が、舌なめずりせんばかりに男性器を呑み込もうとしている。

（ああっ、母さん僕は——！）

瞬間何かを失ったような感覚とともに、肉棒が温もりに包まれていた。

「はううっ」

「んふうっ。大きい」

翔子は口走るなり、じゅっぽじゅっぽとしゃぶり始めた。

めくるめく快楽が真悟を襲う。

「ハアッ、うはあっ、うぐっ」

「んーふ。美味しいわ、真悟ちゃんのオチ×チン」

「ううっ、そんな。いやらしいよ、翔子叔母さん」

「そうね、いけない叔母さんだわ。甥っ子のオチ×チンを舐めたりして」

翔子は咥《くわ》えるだけでなく、横向きに舐めたり、先っぽを吸いたてたりし、さらに言葉で童貞を挑発した。

それは真悟にとって、生まれて初めてのフェラチオだった。

「あ……あっ……。そんな風にちゅばちゅばされたら——はううっ」

「おつゆがいっぱい出てきて、いやらしいオチ×チンだわ」

「くうっ……だって」

「タマタマもこんなに大きいの。溜まっちゃっているのね」

追加で陰嚢《いんのう》をマッサージされ、真悟の愉悦《ゆえつ》は深まる。

「はぐっ、そこは……で、出ちゃうから」

「もう？　まだダメよ」

翔子は文句を言いながらも、彼のよがる姿が見られてうれしそうだった。その証拠に再び陰茎を深く咥え込むと、

「あたしのお口に出していいのよ」

と激しいストロークを繰り出してきたのだ。

真悟の全身に愉悦が走る。

「うはあっ、イイッ……本当に、いいの？」

「いいわ。熱いのを、いっぱいちょうだい」

翔子は鼻面《はなづら》を陰毛に埋め、無我夢中でしゃぶり立てた。

「じゅるっ、じゅぽぽっ、じゅぽっ」

「ハアッ、ハアッ。ああ、ダメだもう――」

陰嚢で作られた精子が、大砲の弾《たま》のように充塡《じゅうてん》されていく。叔母にペニスを咥えら

れ、背徳感と悦楽の狭間《はざま》で官能が勝ちを収め、本能のままに排泄《はいせつ》せよと促してくる。

「んふうっ、じゅぷっ、じゅるるるっ」

翔子の熱い舌が太竿《ふとざお》に絡みつく。

我慢の限界だった。

「出るうっ！」

抑《おさ》えの利《き》かない白濁汁《はくだくじる》が解き放たれた。びゅるっと勢いよく飛び出た欲汁は、翔子の温かい口内に叩きつけられた。

「ぐふうっ、んぐぐ……」

それを翔子はゆっくりストロークを収めつつ、ためらうことなくゴクンと飲み下してしまう。

「ハアッ、ハアッ、ハアッ。翔子叔母さん、僕――」

脚を投げ出したまま、呆然とする真悟。射精の快感は凄まじく、しばらく何が起きたのか分からないほどだった。

一方、すでに冷静な翔子は、ティッシュで口を拭《ぬぐ》いながら言った。

「汗かいちゃったわね。一緒にお風呂でも入りましょうか」

夜は更《ふ》けていった。大学入学以来住んでいるアパートは、手狭で古臭くもあるが、真悟にとっては安心できる我が家だった。

それが、翔子の登場でまるきり様変わりしてしまったようだ。

「ちゃんとお湯は出るみたいね。真悟ちゃん、いらっしゃい」

浴室でお湯の出を確かめる翔子が呼びかけた。

真悟はパンツだけ穿いた恰好で立ち上がる。

「う、うん。けど、狭いよ。ユニットバスだし」

まだ口内発射の余韻が冷めやらぬなか、一応遠慮してみせる。

しかし、それでたじろぐ翔子ではない。

「大丈夫よ。入ってしまえば、結構いけるものだから」

などと言いながら、早速ブラウスを脱ぎ始めた。

反射的に真悟は目を伏せてしまう。

「あっ……翔子叔母さん、本気で――」

「ん？　なあに。何か言った？」

サラサラと衣擦《きぬず》れの音がする。初フェラ、口内発射まで経験したものの、いまだ叔母の肉体を目の当《ま》たりにはしていない。

真悟が緊張で固まっていると、翔子が言った。

「もう脱いじゃったわよ。ほら、真悟ちゃんも」

「――え？」

顔を上げると、笑顔の叔母がいた。だが、一糸もまとっていない。

「あ……ああ、しょ、翔子叔母さん、僕――」

「どうしたの。怖い顔して。さ、叔母さんが脱がせてあげる」

翔子は言って、彼のTシャツとパンツに手をかける。

突き抜けるような、女の白い肌が目に眩しかった。服に手をかける二の腕はしっとりときめ細かく、中身の詰まった乳房が重そうに揺れている。

「はい、バンザイして」

母親のような優しい声に語りかけられ、身も心も蕩《とろ》けていくようだ。

「うん」

いつしか真悟は素直に身を任せていた。いまだ初体験への不安と期待は重くのしかかるが、心のどこかでは、相手が翔子ならという信頼もあった。

「翔子叔母さんって、やっぱりきれいなんだ」

ようやく見たいものを見られるようになってくると、自ずとそんな台詞《せりふ》を口走っていた。

甥の褒め言葉に翔子は喜ぶ。

「あら、真悟ちゃんも言うじゃない。早く入って洗いっこしましょう」

こうして手に手を取り、男女は浴室へ入る。

狭い浴室は、二人一緒にバスタブに立つくらいがやっとだった。自ずと向かい合う恰好になる。

「大丈夫？　お湯、冷たくない？」

「う、うん。平気」

「もう、真悟ちゃんたら。ずっとオッパイを見ているのね」

不意に指摘《してき》され、真悟は顔を赤らめる。

「う……いや、だって」

「いいのよ。好きに触ってごらん」

「いいの？」

確かめると、翔子は頷《うなず》いた。真悟は胸を高鳴らせ、恐る恐る両手で二つの膨らみを覆《おお》っていく。

「んっ……」

触れた瞬間、翔子が甘い吐息を漏らす。

「あっ、ごめん。えっと……」

「ううん、いいの。触られて、感じちゃった」

「柔らかい」

「んん、真悟ちゃんの触り方、上手」

「本当？　痛くない」

「ん。ねえ、チュー」

翔子は言うと、彼の顔をそばに寄せて唇を重ねた。のたうつ舌が歯の隙間から入り込んでくる。

「レロッ、ちゅるっ。ああ、翔子叔母さん」

「んふうっ、ちゅばっ。んん、ここ――」

そうする間にも、翔子の手は彼の逸物を捕まえていた。

「オチ×チンも、キレイキレイに洗いましょうね」

ボディソープの泡を立て、彼女は両手で肉棒を捏《こ》ねまわすようにした。

やられる真悟はたまらない。

「ハアッ、ハアッ。ああ、ヤバいよ。そんなヌルヌルされたら」

「そう？　なら、今度は真悟ちゃんがあたしのを洗って」

「翔子叔母さんの――を？」

「そうよ」

異常なことをしているのは分かっていた。もし両親に叔母とこんなことをしていることがバレたら、即勘当ものだろう。他の親類にも顔を合わせられないだろうし、一生変質者として非難され続けるに違いない。

だが、悪いのは性欲だ。二十一にもなって女の体を知らないことが罪なのだ。

「ハアッ、ハアッ」

真悟の震える手が、シャワーで濡れた翔子の恥毛に触れる。

「ああん、そう。もっと奥に」

「ハアッ、ハアッ。僕は――」

たぐる指が割れ目を捕らえたと思った途端《とたん》、水とは違うぬめりを感じた。

「あんっ、そこ」

「ああ、ヌルヌルしてる」

「オマ×コよ。濡れてるの、分かる？」

「うん。ああ、すごい。指が吸い込まれるみたい」

彼の言葉通り、気付くと一本の指がぬるりと穴に埋まっていく。

翔子がしがみついてきた。

「ああっ、んっ。いいわ、もっとグチュグチュして」

「こ、こう？　ああ、すごい。指が奥まで入っていく」

「んふうっ、もう真悟ちゃんのエッチ。お返しなんだから——」

彼女は言うと、太茎を握り込み、力いっぱい扱《しご》いた。

「うはあっ、叔母さ……そんな激しくされたら、また出ちゃうから」

「だって。ああん、あたしだってアソコがいいんだもん」

もはや体を洗うことなど、どうでもよくなっていた。狭い浴室で二人は絡み合い、互いの性器を愛撫するのに夢中になっていた。

リードする翔子も、息を弾ませている。

「あんっ、ああっ……ダメよ。もっと」

目を細め、悦楽に浸《ひた》っている姿がなやましい。重たげな乳房は躍動し、シャワーの水滴《すいてき》を弾いて、みずみずしささえ感じさせる。

「ハアッ、ハアッ。翔子叔母さん」

「んはあっ、なあに？」

「ぼ、僕……もう――」

「我慢できなくなっちゃった？」

「うん」

「オチ×チンを、オマ×コの中に挿《い》れたいの？」

このやりとりを翔子は、舌をときおり絡ませながらするのだった。

真悟は彼女の唾液を啜《すす》りながら答えた。

「うん、挿《い》れたいよ」

「あたしも――」

翔子は言うなり、勃起物をたぐり寄せ、自分の股間にあてがった。

「いけない叔母さんね」

次の瞬間、真悟は亀頭が温かいものに包まれるのを感じた。

「ほうっ……」

「あ、きた――」

彼女は片足をガニ股に開き、腰を沈めて肉棒を根元まで呑み込んでいく。

生まれて初めての温もりに真悟は深く息をつく。

「ハアアアア……」

「どう？　奥まで入っちゃったよ」

「う、うん」

「気持ちいい？」

翔子は訊《たず》ねるが、同時に腰も振り出した。

膣壁の摩擦が肉棒を襲う。

「うはあっ、ヤバ……うう、ヌルヌルして気持ちいいよ」

生まれて初めての体験だった。二十一年間童貞として、女のアソコの感触をこれまで何度も想像してみたものだ。だが、本物の感触は想像をはるかに超えていた。気持ちよすぎて、脳みそが掻《か》き毟《むし》られるような感覚だった。

「ハアッ、ハアッ、ハアッ」

「んああっ、さっきよりも硬くなってるみたい」

「ほ、本当？」

「うん。硬くて、カリのところが――あんっ、ステキ」

そして同様に、翔子も感じているらしいのだ。いい年をした大人の女が、夢中で体を上下に揺さぶり、息を喘《あえ》がせるさまは、若い真悟にとってある種のカルチャーショックですらあった。

そして、愉悦はそんな戸惑いさえも飛び越える。

「あんっ、ああっ。ねえ、真悟ちゃんもブチ込んできて」

猫なで声でおねだりされ、真悟は奮い立つ。

「う、うん……。ハアッ、ハアッ、ああっ、翔子叔母さぁん」

彼女の柔らかい腰肉を捕まえ、下から腰を抉《えぐ》り打った。

翔子の顎《あご》が持ち上がる。

「あっひ……イイッ。いいわ、真悟ちゃん」

「ハアッ、ぬあぁ、っくう」

「こうしてると、あんっ、先っぽが……はううっ、奥に当たるの。分かる?」

「う……ああ、なんか当たってる。プリプリしたのが」

翔子の言うように、真悟は腰を突き上げるたび、亀頭に触れるものを感じていた。

「ああ、あたしのポルチオに、真悟ちゃんの先っぽが当たってるのよ」

「つくはあっ、おっ、叔母さんっ」

真悟は力強く翔子の体を抱きしめる。

「あふうっ、もっとちょうだい」

「ハアッ、ハアッ」

狭い浴室に、二人の荒い息遣いと喘ぎ声が鳴り響く。室温が下がらないよう、シャワーのお湯は出しっぱなしだったが、男女の肌を輝かせているのは、自分自身が掻く汗のせいだった。

「ハアッ、ハアッ。ああ、もうダメだ。気持ちよすぎる」

立位挿入も、筆おろしの真悟にはあまりに刺激が強かった。美しい叔母と肌を擦り合わせているだけでも興奮ものなのに、ましてや局部を生で挿入しているのだ。早くも射精感がこみ上げてきた。

一方、男性経験豊富な翔子は、そんな彼の状態をしっかり把握《はあく》していたようだ。

「真悟ちゃん、もうイキそう？」

「う、うん。僕、もう本当に――ううっ」

堪《こら》える甥の顔を見て、翔子はうれしそうに彼の耳たぶを舐めた。

「ペロッ――ねえ、中に出していいよ」

「えっ……ええっ!?」

真悟が驚くのも無理はない。いくら童貞でも、中出ししたらマズイことくらいは知っている。

しかし、やはり翔子は一枚上手だった。

「あたしね、前からピル飲んでるんだ。だから、大丈夫だよ」

「翔子叔母さん……」

真悟はあまりの感動に、一瞬腰を振るのを忘れたほどだった。突然の誘惑に流されるまま、避妊の用意などまるで脳裏になかっただけに、彼女の申し出はありがたくもあり、憂いが消える安堵感もあった。

「じゃあ、このまま最後までいっていい？」

「いいわ。きて。あたしも欲しい」

裸の翔子は光り輝いていた。バイタリティ溢れる普段の彼女も好ましいが、服を脱ぐと一層魅力的になる。四十年の人生で幾人もの男を渡り歩き、数え切れないほどの快楽を経験してきた肉体は、艶味《つやみ》たっぷりに熟成され、ひとつの芸術の域まで達していた。

「ああっ、翔子叔母さんっ」

真悟は前後不覚に腰を穿《うが》った。

激しい抽送《ちゅうそう》に翔子も乱れる。

「イイッ……はううっ、真悟ちゃん激しい」

「ハアッ、ハアッ、ハアッ」

「ああっ、奥が掻き回される——うふうっ」

翔子は声をあげると、しがみついてきた。

真悟の胸にたわわな乳房が押しつけられる。

「ううっ、翔子叔母さん。僕、本当にもう」

「いいのよ。あたしも……んああっ、すぐだから」

蜜壺を抉る肉棒は初体験にも関わらず、隆々として力強かった。

上下する叔母の裸身は乱れるにつれ、艶っぽさを増していく。

「ハアッ、ハアッ。だめだ、もう——」

真悟の神経は股間の一点に集中していた。

翔子もまた、顔を歪《ゆが》ませ絶頂を目指している。

「イイッ、イイッ。もっと……んあああっ、ダメえっ」

喘ぐ拍子に彼女は土手を押しつけてきた。

無数の肉襞《にくひだ》が太茎を舐め、ついに真悟は限界を迎える。

「うはあっ、出るうううっ！」

媚肉《びにく》に包まれたまま、ペニスは盛大に白濁を噴き上げた。

「はひっ……イイッ」

すると、翔子もひと際高く喘ぎ、悦《よろこ》びに背中を反らした。

危うく倒れそうになり、真悟がしっかり抱き支える。

「うっ、叔母さん」

「あああ……ステキよ――」

一方、翔子は甥に抱かれたまま、ウットリと身を委《ゆだ》ねていた。内腿には溢れ出した精液が白い筋を伸ばしていた。


とうとうヤッてしまった。浴室から出た真悟は、バスタオルで体を拭《ふ》きながら、複雑な感情に囚《とら》われていた。ついに筆おろしできたという喜びの一方、「叔母とセックスしてしまった」という罪悪感。二つの相反する思いに、心は千々に乱れる。

しかし、翔子には罪の意識などまるで感じられなかった。

「たまにはお風呂でするのもいいものね。若い頃を思い出しちゃった」

などと言いながら、真悟の使ったバスタオルで当然のように身体を拭き始める。

「真悟ちゃんはどうだった？　初めての感想は」

「え？　あー、うん。その……よかったよ」

「そうね。あの最中、すごくエッチな顔してたわよ」

からかうように言われ、真悟はムキになる。

「そう言う自分だって――。いつもの叔母さんじゃないみたいだった」

翔子は乳房の下を拭き取りながら、軽口を続けた。

「女の顔になってた？　しょうがないわよ、だって気持ちよかったんですもん」

「うん」

手持ち無沙汰になった真悟は、タンスから替えの下着を出そうとする。

すると、背後で呼び止める声がした。

「ダメよ、まだパンツなんか穿いたら」

「え……？」

「ベッドで待っててちょうだい。あたしも、すぐ行くから」

なんと、彼女はもっとセックスしようと言うのだ。

真悟は引き出しを元に戻し、素直にベッドへ向かう。

「分かったよ」

叔母に言われたから仕方なく、といった態《てい》を装《よそお》いつつ横たわる。照れ隠しだ。薄い布団を被《かぶ》り、横向きになると、視線の先に全裸の翔子がいた。

「翔子叔母さん」

「ん？」

「叔母さんは、いつ頃その――初体験したの？」

真悟がおずおずと訊ねる。

翔子はうなじの辺りを拭きながら答えた。

「そうねえ、古いことだから……。どうしてそんなことが聞きたいの」

「だってさ、女の人って、やっぱりリードされた方がうれしいんでしょ」

そのとき彼の頭にあったのは瑞季のことだった。

翔子はバスタオルを置き、布団の中に潜り込んでくる。

「真悟ちゃんはね、そんなことを気にしなくていいのよ」

「うん……」

真悟は曖昧《あいまい》に返事しながら、叔母の肌の温もりを感じていた。

やがて彼女の手が彼を抱き寄せてくる。

「きっとバイト先の彼女のことを考えているのね」

「う、うん。まあ……」

「確かに一般的に言うと、女は男にリードされたいものだわ。でもね、本当は愛する人が相手ならテクニックなんて関係ないの。そんなことより――」

翔子は言いながら、布団の中で逸物を握ってきた。

「もう大きくなってる」

「はううっ、だって翔子叔母さんが――」

「あたしが、なあに？」

しんねりとした手つきで肉棒を扱かれ、真悟の呼吸が荒くなる。

「う……エロ過ぎるから」

「可愛いわ、真悟ちゃん」

翔子は覆い被さるようにして唇を重ねた。

「ふぁう……翔子叔母さん」

「んふうっ、レロッ」

すぐに舌が絡み合う。今度は真悟も積極的だった。

「じゅるるっ、じゅぽっ。レロッ」

「んふぁ……真悟ちゃん、上手よ」

「ああ、翔子叔母さんっ」

「そう、顎の裏も舐めて――心配しなくても、真悟ちゃんはもう一人前の男になりつつあるわ」

翔子は舌を絡めながら、肉竿を扱き続けていた。

「ハアッ、ハアッ……じゅぽっ」

真悟の息が上がってくる。口を塞《ふさ》がれているからなおさらだった。

すると、翔子がふいに起き上がり、布団を跳ね上げた。

「ああ、叔母さんもう我慢できない。挿《い》れていい？」

「あ、うん……」

見上げる叔母は美しかった。幾人もの男を虜にしてきた肉体は磨《みが》き上げられ、白い肌には曇り一つ見当たらない。熟女《じゅくじょ》らしく肉付きのいい腰つきも、元からのプロポーションの良さを引き立てていた。

その翔子が目をトロンとさせて腰を浮かし、肉棒を逆手につかむ。

「ここからはあたしの欲望――」

どういう意味だろう？　真悟が彼女の言葉を測《はか》りかねているうちに、太茎は媚肉に包まれていく。

「おうっ……」

「んはあっ、イイッ」

気付けば、騎乗位で繫《つな》がっていた。

すると翔子は上体を起こしたまま、尻だけ前後に動かし始めた。

「あっ、あんっ、んふうっ」

「はうっ……おおっ」

まるで媚肉を擦りつけるような、繊細な腰つきだった。それでも太茎の裏には、思いも寄らぬ快感が走った。

「す、すごいよ。叔母さん」

「そう？　あたしもすごく——ああん、いいわ」

翔子は悩ましい声をあげ、なおも陰唇を擦りつける。

互いの恥毛が愛液に湿っていく。

「ハアッ、ハアッ。ああ、翔子叔母さんの中、あったかい」

真悟は口走りつつ、無意識に両手で太腿を撫でていた。

めざとく見つけた翔子が訴えかける。

「触って。ねえ、その手でクリちゃんを弄《いじ》って」

「え？　……うん」

真悟は素直に答え、右手の親指を彼女の土手に這わす。

途端に翔子は喘いだ。

「はううっ、そう……ああん、もっとグリグリして」

「こ、こう？」

真悟の指にプリンとした突起が触れていた。これがクリトリスなのか。女体の仕組みもよく分からないまま、彼は叔母の実技指導に学んでいく。

だが、ただ従うだけではなかった。真悟は割れ目の奥から牝汁《めすじる》をすくい、滑りを良くしてから牝芯《めしん》を愛撫したのだ。

「なんかさっきより硬くなっているような――」

この場合、本能が教師だった。さっき叔母が「気にするな」と言ったのは、このことを指していたのだろうか。実践こそが、何よりの学びの場なのかもしれない。

一方、翔子は純粋に悦楽に浸っているようだった。

「あふうっ、イイッ。ああん、すごく感じちゃう」

「これで――ここが、気持ちいいの」

「そうよ……ああっ、もっと強く」

そこで真悟が指で肉芽を押し潰すようにすると、翔子は思い切り身を反らした。

「はひいっ、ダメえええっ」

「ああ、いやらしいよ、翔子叔母さんの顔」

彼女の激しい悶えようは、真悟に自信を与えるとともに、女を悦ばせる愉《たの》しさを教えてくれるようだった。

「ねえ、あたしもうダメ。たまんない」

翔子は言うと、恥部を擦りつけるのを止め、上下に腰を振り出した。

「あっ、ああっ、ああん、イイッ」

「うはあっ、叔母……ハアッ、ハアッ」

愉悦が肉棒を直撃する。先ほどまでの竿裏が圧迫されるような感じと違い、今度は蜜壺の凹凸がまともに太茎を舐めてきたのだ。

翔子の腰使いが一定のリズムを刻み始める。

「あんっ、あんっ、ああん、あんっ」

膝を折って男の体に跨がり、淫《みだ》らに舞う熟女は輝きを放っていた。真悟はめくるめく快感に浸りつつ、そんな叔母をいやらしくも美しいと思う。

「ハアッ、ハアッ。ううっ……」

「ああん、イイッ。んふうっ」

翔子が上下するたび、結合部はぬちゃくちゃと湿った音を立てた。張り詰めた太茎を花弁が咥え込んでいる様子がよく分かる。

「あっふ、あん、んああ、んふうっ」

やがて彼女は息を弾ませながら、前にかがみ込んできた。

「あたし、もうダメ。おかしくなっちゃいそう」

腰は動かし続けたまま、彼の顔を両手で挟んで舌を絡めてくる。

「むぐう、翔子叔母さん……ちゅばっ」

真悟は求めに応じ、自分からも舌を伸ばした。

「レロッ、ちゅばっ。んふうっ、いいわ」

「僕も……ああ、叔母さんとずっとこうしていたい」

「真悟ちゃん、おいで――」

翔子はふと言うと、顔を離して起き上がり、彼にもそうするよう促してきた。

「ああ、翔子叔母さんっ」

すると、真悟も引き寄せられるように上半身を起こす。

気付けば、向かい合って繋がっていた。対面座位だ。

「こうすると、互いの顔がよく見えるでしょ」

「うん――はううっ」

「んあっ、いいわ」

真悟の腰の上で翔子が舞い踊る。

「ハアッ、ハアッ。おうっ」

「んふうっ、あっ。あふうっ、んんっ」

結合部がぬちゃくちゃといやらしい音を立てるたび、太茎は肉襞に揉みくちゃにされ、激しい愉悦を真悟にもたらした。

「ハアッ、ハアッ。ううっ……」

「ああっ、可愛いわ真悟ちゃん」

翔子がたまらなくなったというように、舌を絡めてくる。

「んふうっ、レロッ」

「うぐうっ……レロッ、ちゅばっ」

迎える真悟も彼女の背中を抱き、夢中で舌を貪った。

「んっ、んっ、ちゅぼっ、レロッ」

「ふぁう……ちゅぱっ、んむむ……」

勢い腰の振幅は小さくなる。だが、その分密着度は濃く、互いを貪り合っているという精神的な愉悦があった。

「ぷはあっ——あふうっ。ああっ、あたしもうダメ」

やがて息を切らした翔子が音《ね》を上げる。そして耐えきれなくなったというように、ゆっくりと背中側に倒れていった。

真悟としては、もう少し汗ばんだ叔母の身体を抱きしめていたかった。

「翔子叔母さんっ」

しかし、今の彼は叔母のリードについていくのが精一杯だった。

「あふうっ」

気付けば、翔子は仰向《あおむ》けに横たわっている。座位の膝を立てた姿勢から変化するときの柔軟性もさることながら、挿入が外れないようにする繊細さが年の功を感じさせるのだった。

上になった真悟は、淫らに歪む叔母の顔を見つめる。

「どうしよう。こんなに気持ちよくなっちゃって、僕……」

「気持ちよくなって、何が悪いの？」

「だって……。こういうことって普通――」

これまで快楽に流されてきたものの、真悟の内にはまだ「いけないことをしている」という罪悪感の欠片《かけら》が残っていた。

すると、翔子は手を伸ばし、安心させるように彼の頬《ほお》を撫でる。

「普通なんてないの」

「え……？」

「男と女がいて、愛し合う。とても自然なことだし、健康的なことよ」

「だけど、僕と翔子叔母さんは——」

「そうね。だから、姉さんには絶対内緒よ」

悪戯《いたずら》っ子のように舌を出す翔子を真悟は「可愛い」とすら思う。

「うん、そうだね」

「ね。分かったら、きて」

「翔子叔母さんっ」

真悟は呼びかけると、腰を振り始めた。

「んああっ、そうよ。いいわっ」

「ハアッ、ハアッ、叔母さん」

結果、叔母に説得された形にはなったが、真悟も本心では今さら後には戻れないと分かっていた。にもかかわらず、あえて疑問を投げかけたのは、たんに甘えたかっただけなのかもしれない。

抽送はまもなく形を取り始めた。

「ハアッ、ハアッ、ハアッ、ハアッ」

「あんっ、ああっ、んんっ、イイッ」

熱い息を吐く翔子の肉体が揺れる。たわわに実る乳房だけでなく、脇腹や太腿も小刻みに震え、そこに熟女らしい余裕が見てとれるようだ。

真悟は両手をつき、懸命に腰を振った。

「ハアッ、ハアッ、ううっ」

「あんっ。ほら、オチ×チン気持ちいいでしょ？」

「う、うん……」

「あたしも――オマ×コが……ああん、気持ちいいわっ」

「ああっ、たまんないよ。叔母さん」

「それでいいの。それで……ああん、中で真悟ちゃんが暴れてる」

「くはあっ、翔子叔母さんのもヌルヌルで……はううっ」

「あたしの、なあに？　ちゃんと言って」

「翔子叔母さんの……オ、オマ×コ」

「オマ×コ、好き？」

「ああ……好きだっ。大好きだよ、叔母さんっ」

「あたしも真悟ちゃんが大好きよ」

翔子は言うと、下から腰を突き上げてきた。

カウンターを食らった真悟は呻《うめ》く。

「ぐふうっ……」

「ああん、もう止まらないわ」

蜜壺が微妙《びみょう》にうねり始めていた。牝汁はとめどなく迸《ほとばし》り、肉襞が太竿をたぐり寄せるように蠢《うごめ》いた。

「ハアッ、ハアッ、ハアッ、ハアッ」

真悟は熱に浮かされるように、無我夢中で抽送を放った。セックスとは、こんなに気持ちいいものなのか。

だが、愉悦はたんに物理的な刺激からくるだけではなかった。

「真悟ちゃん、イイッ。すごく、いいわっ」

「翔子叔母さんっ」

親戚の集まりで会う翔子叔母は、昔から嫌でも目立つ存在だった。思春期だった真悟はそんな彼女を眩しく思い、かえって遠ざけてしまったほどだった。

だが、心の中ではいつでも翔子の艶《いろ》っぽさに胸をときめかせていたのである。

「ハアッ、ハアッ。ううっ、もうダメだ……」

「いいのよ、このまま最後まで――あたしも……あふうっ」

「ああっ、翔子叔母さぁん」

無意識のうちに、真悟は彼女の太腿を抱えていた。

「ハアッ、ハアッ、ハアッ、ハアッ」

「はひいっ、イイッ……イッちゃう、あたしもイキそう」

そして翔子もまた息を弾ませ、悦楽の頂点を目指していた。

「んあああっ、きてえっ。一緒に、イこう」

「つくう。るああっ、マジでもう――」

「真悟ちゃんっ」

真悟が突き入れると同時に、翔子は思い切り尻を持ち上げるようにした。

媚肉が太竿を食い締める。

「うはあっ、出るっ」

たまらず真悟は、叔母の子宮目がけて射精した。全身に痺《しび》れるような快感が走り、温かい粘膜に包まれた肉棒は劣情の極みを迸らせる。

「はひぃっ、イイッ……」

すると、翔子も顎を反らし、四肢を強《こわ》ばらせる。

「イクッ……イイイイーッ！」

そしてひと際高く喘ぐと、恥骨を押しつけるようにしてきたのだ。

おかげで肉棒はさらに搾《しぼ》り取られた。

「ぐふうっ、ううっ」

「あっ、ああ……イイ……」

ほぼ同時に絶頂し、グラインドも徐々に収まっていく。

汗ばむ翔子の白い肌は、ところどころに朱を散らしていた。

「ハアッ、ハアッ、ハアッ、ハアッ」

あまりの快楽に真悟はしばらく身動きできなかった。一度のみならず二度までも、ヤッてしまった。燻《くすぶ》る背徳感は拭えなかったが、それ以上に彼は満足していた。

翔子も満足そうだった。ぐったりと横たわったまま彼女は言った。

「すごかったわ。こんなに感じたの久しぶりよ」

「本当？」

「本当よ。相手が真悟ちゃんだったからかしらね」

彼女は言うと、彼の頭を引き寄せキスした。

「これでもう童貞じゃなくなったわ」

「うん」

「ねえ、そろそろ寝ない？　叔母さん、疲れちゃったみたい」

「あ、ごめん……」

真悟は言われて気付き、彼女の上から退《ど》いた。

「あふうっ」

「うっ」

いまだ膨張したままの肉棒は、引き抜く瞬間、ビクンと震えた。

一方、蜜壺は虚ろに口を開けたまま、淫らに白いよだれを垂らすのだった。

劣情の一時は去り、やがて二人は狭いベッドに並んで就寝した。真悟は満ち足りた思いで、夢を見ることもなく泥のように眠った。


「――真悟ちゃん、起きて」

突然翔子に揺り起こされ、真悟は寝ぼけ眼《まなこ》で時計を見る。朝七時だ。普段ならまだ夢の中にいる時間だった。

「どうしたの、こんな早くに」

「何言ってるの。もうとっくにお日様は出てるわよ。起きて」

「うう……」

執拗な催促《さいそく》に真悟は渋々起き上がる。

一方、翔子はすでにメイクもバッチリ決めて、まるで昨夜のことが嘘のようだ。

だが、違和感はそれだけではなかった。

「あれ？　翔子叔母さん、昨日と服が違う――」

「いったん着替えてきたのよ。いいから、顔を洗って服を着替えてちょうだい」

なんと一度自宅に帰ってから、また戻ってきたというのだ。

真悟はまだ眠っていたかったが、急《せ》き立てられて身支度を調《ととの》え始める。

その後ろでは、翔子がクローゼットを物色していた。

「ちょっ……叔母さん、どうしたの」

「何日か泊まれる用意をしてちょうだい。着替えだけあればいいから」

「え？　何、どういうこと？」

「これから山形の実家に行くのよ」

あまりに突然のことに、真悟はしばし固まってしまう。昨夜いきなり押しかけてきたと思ったら、今朝は実家に行こうと言う。いくら親戚でも無茶というものだ。

「無理だよ。学校もあるし、バイトだって――」

真悟は抗議しかけるが、翔子にぴしゃりとはねつけられてしまう。

「ダメよ。家の一大事なんだから」

それ以上は何を言っても無駄だった。翔子は、「家の一大事」の一点張りで、彼の都合などお構いなしだった。

結局、真悟が折れるしかなかった。幸い、大学は多少休んでも問題なく、バイトも近々大きなイベントもないため、連絡だけ入れておけばよかった。

訳も分からず適当に荷物を詰め、部屋を出ると、アパートの前には翔子の車が用意されていた。

「車、買ったんだ」

「一年くらい前にね。さ、乗って」

翔子のエキセントリックな言動は今に始まったことでもないが、今回ばかりは意味不明だった。ましてや昨夜のことがあった後だ。真悟は助手席に乗り込みながらも、叔母の正気を疑いたくなるほどだった。

翔子は高速に乗る頃になって、ようやく帰郷の理由を打ち明けた。

「いきなりで真悟ちゃんも驚いたと思うけど」

「そりゃ驚くよ。何が何だか――」

「でもね、とっても大事なことなの。昔から安達家には風習があって、二十歳を超えても女を知らない縁者の男子がいたら、その男子が一人前になるまで村の女衆が世話をすることになっているのよ」

「え……なにそれ？」

理由を聞いても、真悟は今ひとつピンとこない。安達家というのは母方の姓だ。だが、そもそもそんな習わしがあるならば、母親から知らされているはずだが、生まれてこの方《かた》、そんな慣習のことなど耳にしたことはない。

翔子は、彼が今まで知らされなかった訳を語った。

「姉さんはほら、ああいうお堅い人じゃない？　昔からこの慣習を嫌っていたのよ。だから、真悟ちゃんには教えてなかったんじゃないかな」

「ああ、なるほど」

「長女なんだから、それじゃ困るんだけどね」

翔子はそれで全て説明できたというように、運転に専念した。

一方、真悟はすっかり理解できたわけではない。今の時代に童貞を村の女たちが世話するなど、本当にあり得るのだろうか？　そもそも彼は昨晩翔子に筆おろししてもらって、もう童貞ではないはずだ。それとも、彼女の言う「一人前」には別の基準があるのだろうか。

しかし、翔子はそれ以上を語ろうとはしなかった。

「まだかかるから、寝てて良いわよ」

「うん」

真悟は言い知れぬ不安を抱えながらも、心のどこかでは期待もあった。昨夜の翔子の痴態を思い浮かべ、彼は知らぬ間に居眠りしているのだった。

第二章　山里に住む人妻の渇き

母親の生家があるのは、山形県の寒村だった。父方の祖父母が早くに亡くなったこともあり、真悟にとって帰省と言えば、幼少期より安達家を指していた。

「この辺りは変わらないね」

車窓に広がる田園風景に助手席の真悟が呟く。

運転席の翔子が応じた。

「あら、起きたのね。もうすぐ着くわよ」

「うん」

懐かしい風景を眺めつつ、真悟は叔母を盗み見る。昨夜のことが夢のようだ。窓を開け、田舎の新鮮な空気を吸い込むと、雑多なアパートでの出来事が本当にあったのかとすら疑いたくなる。

やがて車は広い敷地の一軒家へと近づいていく。

「真悟ちゃんは久しぶりじゃない？」

翔子に訊ねられ、真悟は記憶を辿《たど》る。

「今年の正月は来られなかったから、お盆ぶりかな」

「母さんも会いたがってたんだけどね」

「え？　お婆ちゃん、いないの？」

「町にいるのよ。父さんが怪我しちゃって」

翔子によると、祖父が農作業中に不注意から怪我をして、町の病院に入院しているらしい。幸い大過はなかったようだが、老齢ということもあり、しばらくは祖母が泊まりがけで身の回りの世話をしているという。

「お見舞いに行った方がいいんじゃない」

祖父母を思う真悟は主張するが、その提案はあっさり翔子に退けられてしまう。

「真悟ちゃんのことが済んでからね」

「でも――」

真悟が食い下がろうとしたとき、ちょうど車は安達家に到着した。

周りに塀のない、だだっ広い敷地には平屋造りの大きな旧家が建っていた。代々受け継いできた安達家の母屋《おもや》である。かつては広大な耕作地も有していたが、三姉妹がそれぞれ所帯を持ったため、祖父の代でかなり規模を縮小することになった。現在ではわずかばかりの農地と鶏数羽が残っているだけだった。

「遠いところをよく来たね。真《しん》ちゃん、元気だっけが？」

懐かしい方言で出迎えてくれたのは、三姉妹の末娘・皆代《みなよ》であった。

車から降りた真悟は思わず笑顔になる。

「皆代姉ちゃん！」

「まあ、会うたびに大きくなって」

昔から彼女は甥に会う都度、これを言うのだ。真悟とは十三歳ほど年が離れているが、母親や翔子より優しい妹叔母を彼は親しみを込めて、「皆代姉ちゃん」と呼んでいた。

車をガレージに停めた翔子が鞄一つで戻ってくる。

「高速ノンストップで来たから疲れちゃった」

「んだの。温かいお茶さ入れたから、上がれ」

皆代に招き入れられ、一行は母屋に上がった。

広縁《ひろえん》のある和室で叔母二人と甥は一服する。

「――じゃあ、今は皆代姉ちゃんが留守を預かってるんだ」

「んだ。一週間くらい前にこっちさ来て」

「正幸《まさゆき》さんは？　一人にして平気なの」

翔子が別れて暮らす亭主を持ち出すと、皆代の表情が曇った。

「あの人のことなら――」

「翔子叔母さん、やめなよ。皆代姉ちゃん困ってるじゃないか」

真悟が横から口を挟むと、翔子は睨む真似をする。

「もう、真悟ちゃんは昔っから皆代贔屓《びいき》なんだから」

「助けてくれてありがとう、真ちゃん」

親族が集まったときの和《なご》やかさが一同を包んでいた。昨晩の翔子とのことも、訳の分からぬ「安達家の一大事」のことも、まるで嘘だったかのように思えてくる。

しかし、真悟はここへ連れてこられた理由を忘れたわけではない。

一服した後、皆代は彼の寝泊まりする部屋に案内してくれた。

「こっちはまだ少し寒いね」

「んだども、ここ二～三日は随分暖かくなってきたべ」

長い廊下を渡り、浴室のさらに奥へ行くと、扉があっていったん外に出る。そして屋根と床だけの外廊下の先に、後から建て増した離れがあった。

翔子が先に立って、部屋の鍵を開ける。

「この離れの部屋、懐かしいべさ」

「うん、そうだね」

カーペット敷きの八畳ほどの部屋には、お手製のベッドと勉強机がある。この離れ自体、真悟のために祖父が建てたものだった。彼は幼少期の一時をここで過ごしたこともあった。

真悟が荷物を解《ほど》いている間、皆代はベッドメイクをしてくれた。

「皆代姉ちゃん」

「ん？　なあに」

「翔子叔母さんのことなんだけど――」

居間で親族の集《つど》いを堪能《たんのう》したのもつかの間、真悟の胸にはずっと引っかかっているものがあった。もちろん、例の慣習のことだ。だが、話そうとすると翔子との濡れ場が頭をよぎり、どこから切り出したものか分からない。

皆代はベッドメイクを続けたままで言った。

「翔子姉さんから聞いたのね」

「え……うん」

どうやら皆代も話の意図が分かっているらしい。それでも真悟はまともに叔母の顔が見られず、鞄《かばん》の荷物を意味なく弄《いじ》り回しながら続けた。

「本当なの？　その……村の女衆が世話するとか何とか」

「——ええ。本当よ」

声のトーンの真剣さに真悟はハッとする。調子の良い翔子の口から聞いたのではどこか疑うところもあったが、相手が皆代となると冗談ごとでは済まない。

「まさか……。皆代姉ちゃんも知ってたの？」

思わず叔母の顔を見ると、皆代は俯いたまま頬を赤らめた。

「今朝、翔子姉さんからも連絡があって。真ちゃんを迎える準備をしてたのよ」

「そうなんだ……」

真悟はショックに言葉を失う。まさか翔子と交わったことまで？　大好きな皆代に知られたら、恥ずかしくて生きていけない。その上、これから「村の女衆に世話」されるのだ。他の者はともかく、皆代にだけは自分の劣情を知られたくなかった。

「僕、本当に訳分かんなくて……。翔子叔母さんにたたき起こされて、それで——」

すると、皆代はようやく顔を上げた。

「いいのよ。真ちゃんは知らなかったんだから」

「ううん、いいから。余計なこと考えねで、姉ちゃんたちに任せといて」

慈《いつく》しむようなまなざしで見つめられ、真悟も素直に頷くしかなかった。

「だけど——」


夕食は豪勢だった。皆代が腕によりをかけた郷土料理が卓に並ぶ。

「昨日の今日だったから、たいしたものはこさえられなかったけども」

お櫃《ひつ》から飯を盛り付ける皆代は謙遜《けんそん》して言った。

「いやあ、ご馳走だよ。芋煮とか久しぶりだもん」

「真悟ちゃん、このタラの芽の天ぷらも食べてごらん。春の香りがするから」

翔子は自分が作ったのでもないのに、自慢するように言う。

「どれ——本当だ、美味い」

笑顔が食卓を彩った。この場に祖父母がいないのが残念だったが、久しぶりに親族で囲む団らんは、都会暮らしの憂《う》さを忘れさせてくれた。

やがて真悟の腹も満たされた。

「片付け手伝うよ。これ、持っていけばいい？」

彼が食べた皿を運ぼうとすると、皆代が手で制した。

「今日は真ちゃん、お客さんだべ。片付けさいいから、お風呂に入っておいで」

「え。でも……」

「そうしなさい。いいお湯だったわよ」

ちゃっかり先に入浴していた翔子も妹に同意する。

叔母二人に見つめられ、真悟は照れ隠しに立ち上がる。

「二人ともそう言うなら——。じゃ、ご馳走様でした」

「お粗末様。タオルは用意してあるからね」

実際、真悟が浴室へ行くと、全て用意されていた。まったく下へも置かぬおもてなしとはこのことだ。

その後、檜《ひのき》の広い風呂を満喫し、上がってくるとデザートが用意されていた。

「真ちゃんの好きなサクランボを買ってきたの」

「わあ、皆代姉ちゃんありがとう。今年初めて食べるよ」

真悟は山形特産のサクランボに舌鼓《したつづみ》を打つ。翔子はそれをアテにブランデーを飲んでいた。

「真悟ちゃんも飲む？　もう飲めるんでしょ」

「あ、いや僕は……今日はいいや」

「長旅で疲れてるんだべ。それ食べたら寝たら」

「うん、そうする」

実際に運転してきたのは翔子だが、昨夜からいろいろなことがありすぎて、真悟もどっと疲れが出てきたようだった。

「そうね。なら、離れでゆっくり待っているといいわ」

去り際に翔子の言ったことが気になるが、風呂でリラックスした身体は布団を求めていた。

「じゃあ、おやすみ」

真悟は叔母たちに別れを言って、一人離れへと向かうのだった。

離れの部屋は時が止まったようだった。真悟がここで暮らしたのは、小学校三、四年生の頃。当時、父親が二年間ほど海外に駐在することになり、両親は彼を祖父に預けたのだった。

真悟は皆代が用意してくれたベッドに潜り込む。

「お日様の匂いがする――」

天日で干してくれたのだろう。洗い立てのシーツも気持ちいい。

見上げた天井には、きらめく銀河のポスターが貼られている。宇宙が好きだった真悟が雑誌から切り抜いたものだ。

田舎の夜は静かだった。窓を開けても、普段のアパートのように車の行き交う音も聞こえなければ、突然けたたましく通りすがる緊急車両の音もしない。

真悟は懐かしさを抱きつつ、知らぬ間に寝入っていた。

それからどれくらい時間が経っただろう。深夜、真悟は部屋のドアを開けようとする気配に目が醒めた。

（ん……？　誰か入ってきた？）

暗がりに目が慣れてくると、確かにドアから人影が滑り込んでくるのが見えた。

「翔子叔母さん？」

怖くなって思わず声に出して呼びかける。

すると、人影はピタリと立ち止まって言った。

「たまげた。起きてたっけが」

「誰？」

「明かりさ、点《つ》けて」

聞き覚えのない声に言われ、真悟はまだ怯《おび》えていたが、なんとか手を伸ばしてベッドサイドにある照明のスイッチを入れた。

すると、そこにはワンピースを着た妙齢の見知らぬ女性が立っていた。

警戒し、ベッドに身を起こした真悟が再度訊ねる。

「あの……どちら様でしょう？　一体、何のために——」

だが、内心では何となく予想がついていた。翔子の差し金だ。

案の定、その見知らぬ女性はこう自己紹介した。

「奥山早智子《おくやまさちこ》と言います。翔子さんに聞いて、夜伽《よとぎ》さ来たんだず」

「ああ、なるほど」

「しばれるから、お布団に入ってもいい？」

早智子と名乗る女は、本当に寒そうに胸元を引き寄せてみせる。

早速、例の「女衆」が現れたというわけだ。今夜はもう何もないと思い込んでいただけに真悟はとまどうが、断るほどの勇気もなかった。

「どうぞ」

「おしょうしな」

早智子は方言でお礼を言うと、そそくさと布団に這い込んでくる。

「うー、やっぱあったけぇな」

「う、うん……」

すぐに彼女は手足を巻き付けてきた。立っているときはスレンダーに見えたが、実際に触れ合うと女らしい柔らかさが伝わってくる。

しかし、真悟は仰向けの状態から動けなかった。筆おろしは済ませたとはいえ、その相手は翔子だった。やはり見知らぬ女とでは勝手が違う。

かたや早智子は彼の横顔をジッと見つめていた。

「わたしね、人妻なの」

「そう……なんですか？」

「んだよ。だども、三十過ぎまでは独身だったんだ」

聞けば、早智子は現在三十七歳らしい。行き遅れを心配した両親に見合いを勧められ、地元の資産家と結婚したのが六年前。しかし、相手は還暦の老人で、人柄は悪くないものの、男性としては役に立たなかったという。

「分かる？　新婚で、そういうことがないのって」

切実な訴えも、人生経験の少ない真悟には答えようがなかった。

すると、早智子の手がズボンの中に這い込んでくる。

「とっても辛いのよ」

「はうっ……」

陰茎を握られ、思わず真悟は呻く。

早智子はゆっくりと扱きながら続けた。

「亭主は優しいし、不満なんて贅沢《ぜいたく》だと思うんだども——女ですもの。眠れなくて辛い夜もあったわ」

「ハアッ、ハアッ」

下着の中で、ペニスはいきり立っていた。

早智子の顔が近い。

「こだな硬いオチ×チンさ、触るの久しぶり」

「あうっ……さ、早智子さん」

「そっただときに翔子さんから連絡があって。安達家の習慣は聞いたことがあったから、一も二もなく飛んできたんだ」

「そ、そんなに有名なんですか。その話」

真悟は何とか会話を続けながらも、股間に走る快楽に気もそぞろだった。

一方、早智子はますます劣情を高まらせているようだった。

「真悟くんのオチ×チンさ、見てもいい？」

「う、うん……」

否《いや》も応《おう》もない。ねちっこく絡みつく手扱きに肉棒は解放されたがっていた。

やがて早智子は毛布を跳ね上げてしまい、彼の脚の間に座を占めた。

「すごい。テントさ張ってしまって、なかなか脱がせられねべ」

彼女は文句を言いながらもうれしそうだった。真悟のパンツを脱がせるとともに、自らもワンピースを首から脱ぎ捨ててしまう。

ブラジャーに包まれた、たわわな乳房が揺れていた。

「勃起したオチ×チンさ、美味しそう」

「ううっ、そんな近くで見られたら恥ずかしいよ」

「なして？　んー、スケベな男の匂いがする」

早智子はことさらに鼻を鳴らして嗅いでみせる。

なんていやらしい人妻なんだ。いつしか真悟はとまどいよりも、好奇心と本能が勝っていた。いずれにせよ彼女は、「村の女衆」なのだ。翔子のお膳立てにより、彼と交わるために訪れ、しかも欲求不満を露《あら》わにしている。

（今夜はこの女性とセックスするのが、僕の運命なんだ）

約束された悦楽が、目の前で笑みを浮かべていた。

「これ、舐めさせて」

早智子は言うと、身を屈めて亀頭をパクリと咥え込んだ。

温もりと快感が真悟の全身を貫《つらぬ》く。

「はううっ……」

「んふうっ。硬くて、男臭いオチ×チンおいひ——」

そのまま彼女は喉奥まで肉棒にしゃぶりつく。淫らに光る目が、久しぶりの食感を愉しんでいるようだ。

「じゅぷっ……じゅるるっ」

やがてストロークが開始される。

仰向けの真悟の全身に悦びが広がる。

「うはあっ、っく……いきなり激し——」

「じゅぷっ、じゅるるっ、じゅぱっ」

「ハアッ、ハアッ。ああ、そんなに強く吸ったら……」

フェラチオはのっけから激しかった。結婚以来、溜まっていた欲求不満が一気に爆発したようなしゃぶりようだった。

「ああん、硬いの好き。おつゆもいっぺ出て——」

「はうっ……ああっ、いやらしすぎる」

真悟はたまらず仰《の》け反《ぞ》ってしまう。いくら飢えた人妻とはいえ、何のためらいもなく初めて会った男のモノをしゃぶれるものだろうか。

しかし、早智子にその心配はなさそうだった。

「んふうっ、ずっと舐めていたいくらい――」

ギラついたまなざしで食らいつく人妻は、まさに女の性を体現していた。

「ハアッ、ハアッ」

真悟はひたすら悦楽に耐えていた。だが、もはや彼も童貞ではない。淫らな人妻相手に自分の欲求を伝えることくらいはできた。

「早智子さん、僕も……早智子さんのが舐めたい」

青年の申し出を早智子は喜んで受け入れた。

「いいわ。わたしが反対向くね」

彼女は言うと下着を脱ぎ、身体の向きを変えて、シックスナインの体勢を取った。

真悟の目の前には、丸い尻と口を開いた媚肉があった。

「ビチャビチャだ」

触れてみるまでもなく、花弁は牝汁に濡れ光っている。わずかに左右の大きさが違い、捻《ねじ》れているようなのも淫靡《いんび》だった。

真悟は頭をもたげ、三十七歳人妻の牝臭を嗅ぐ。

「すうぅーっ……。ぷはあっ、女のいやらしい匂いがする」

「あんっ、真悟くんって思ったよりエッチな子だな」

表情の見えない早智子は、返事代わりに尻を小刻みに振ってみせる。

その媚《こ》びた仕草に若い真悟はひとたまりもない。

「早智子さんっ」

たまらず割れ目にむしゃぶりつく。

早智子の身体がビクンと震えた。

「あふうっ……ああっ、真悟くんの舌が舐めてる」

「びちゅるっ、じゅるるっ」

淫臭に鼻面を埋めた真悟は夢中でジュースを啜り込む。

すると、早智子も負けじと硬直に食らいついた。

「はむっ……んふうっ、これ好き」

「じゅぽっ……ああ、おつゆがドンドン溢れてくる」

「真悟くんも——ああん、これ欲しい」

重なり合い、性器を貪り合ううち、互いの年齢差など忘れてしまう。

早智子は俯き、首を上下して肉棒をしゃぶりたてる。

「んーっふ、じゅる……美味し――」

「じゅるるっ、むふうっ、早智子さん……」

かたや真悟は両手で陰唇を剝《む》き、伸ばした舌を花弁のあわいに差し込んだ。

すると、早智子の動きが止まる。

「はひぃっ……んああっ、ダメえっ」

「ペロペロ、ぴちゃぴちゃ」

「あんっ、ハアン、イイッ……感じるうっ」

ペニスをしゃぶることもすっかり忘れ、肉棒を支えのようにして握りしめ、切ない喘ぎ声をあげるのだ。

これに真悟は気をよくし、一層念入りにねぶった。

「早智子さんの……オマ×コ、美味しいよ」

「んああっ、んっ……もう我慢できね」

肉棒を握りしめた早智子が腹から絞り出すように言う。

もちろん真悟としても異存はない。

「う、うん。僕も──」

彼が言うが早いか、早智子は素早く起き上がり、身体の向きを変えた。

「こっちがいいの。わたしさ上になっていい？」

「うん」

真悟が仰向けになり、その上に早智子が跨がる形だった。

「本当、真悟くんのオチ×チンさ、よく反ってて格好いいな」

人妻はうれしそうに言いながら、肉棒をつかんで花弁へと導く。恥毛は濃く、愛液に濡れて土手に貼り付いていた。

「──あ」

ゆっくりと腰を落とし、粘膜同士が触れ合う。

張り詰めた亀頭を肉襞が包み込んでいった。

「ほうっ……」

「ああ、入ってきた」

気がつくと、ペニスは根元まで埋もれていた。真悟は初めてのときと同様に、挿入した瞬間の痺れるような悦楽と、何か許されたような安堵感を覚える。

「ううっ、気持ちいいよ……」

それは相手が早智子でも同じだった。特別な感情を抱いていない相手でも、肉の悦びを共有することはできるのだ。

かたや同じ媚肉でも、挿入している感覚はどこか違っていた。

「わたしの中が、真悟くんでパンパン」

早智子は口走ると、おもむろに尻を上下させ始めた。

「あっ、あんっ、ああっ」

「はうっ、おうっ、ううっ」

湿った音が軽快なリズムを刻む。ぴちゃっ、ぴちゃっと水溜まりを叩くような音が卑猥《ひわい》だった。

早智子の腰使いは淫らでねちっこかった。

「ああん、イイッ。んふうっ」

両手を彼の腹につき、腰の蝶番《ちょうつがい》を捻《ひね》るように尻を動かすのだ。おかげで肉棒は振り回され、蜜壺の凹凸が竿腹をねぶった。

「ハアッ、ハアッ。ううっ」

真悟は寝ているだけでよかった。人妻が自らの欲望を満たそうとすることで、自ずとペニスにも悦楽をもたらすのだった。

「ああん、ねえ、奥まで当たってる。分かる？」

「う、うん。奥に……はううっ」

「もっと……ねえ、激しくしていい？」

「も、もちろん――うはあっ」

やりとりを挟んで、早智子の動きが変わってきた。それまでの捻り上げるようなものから、今度は直線的に上下させ始める。

「んああっ、あふうっ、イイイイッ」

上体を立て、膝のクッションで大きなグラインドを生み出すのだ。

これまでに増して激しい摩擦に真悟は呻く。

「ふうっ……っく。ああっ、ヤバいよ」

「あんっ、どうしよ。わたしも――んふうっ」

「早智子さん……んああっ、締まる」

「あっふ、中でドンドン大きく――イイッ」

息を切らし、快楽を貪る人妻はいやらしかった。白い肌に汗を滲《にじ》ませ、誇らしげに乳房をぷるんぷるんと揺らしている。

「ああん、わたしもうダメ――」

彼女は言うと、いきなり身体を伏せて、舌を絡ませてきた。

真悟は応じる。

「びちゅるっ、ちゅばっ。むふうっ」署名
「んっ。レロ……真悟くんのオチ×チン、すごい」

「んあぁっ、そう言う早智子さんだって――」

「ううん、やっぱり安達家の男だず。こだな硬《か》てぇの、わたし初めてかも」

熱い息を吹きかけながら、早智子はしみじみ言うのだった。

だが、真悟には「安達家の男」なるものが何を指すか知らなかった。

「ハアッ、ハアッ。うあぁ、オマ×コが絡みつく」

「真悟くんの感じてる顔もめんごいな」

「早智子さんも、きれいです」

「お世辞なんていらね。んだども、オバチャンとチューしてけろ」

乱れながらも謙遜《けんそん》する早智子が、年下の真悟から見ても愛《いと》おしかった。

「早智子さん……」

「真悟くん」

呼びかけ合うと、またひとしきり濃厚なキスが交わされる。

「早智子さんは、オバチャンなんかじゃないよ」

「んだども、真悟くんからしたら──」

青年の言葉に人妻はくすぐったそうな声をあげる。

大人の女が照れるのを見て、真悟の胸は疼いた。

「可愛い、早智子さん」

「バカ。大人をからかうなんて、悪い子だず」

早智子は言うと、彼の耳たぶを咬んだ。

「うっ……ちょっと痛いよ」

「うふふ。わざとだべさ」

「こいつぅ」

真悟もお返しに起き上がり、息づいている乳首に食らいつく。

途端に早智子はビクンと震える。

「あんっ……ダメ。ううん、咬んで」

「え？　これくらい？」

真悟は恐る恐る前歯で乳頭を挟んだ。

「んんっ。イイ……だども、もっときつく」

なんと早智子は自ら強く咬むよう頼んできた。

「いいの？」

「いいから――」

人妻の要求は執拗だ。真悟は改めて乳房を手で支え、自分の唾液に塗《まみ》れた乳首を見つめる。

(本当に大丈夫かな)

敏感な箇所だけに心配になるが、頼まれたからにはやらずにはいられない。真悟は咬む場所を奥歯に変え、少しずつ圧力を加えていった。

「あっ……ああ……」

すると、早智子は悩ましい声をあげ、眉間に皺《しわ》を寄せていく。

痛いのではないか？　真悟が不安になりかけたとき、激しい反応があった。

「あひいっ、イイッ。いいわっ、真悟くぅん」

早智子は切なく喘ぎ、彼の頭を力一杯抱きしめてくるのだった。

女体の放つ香りに包まれ、真悟は幸せだった。

「むふうっ、ちゅばっ。レロッ」

「あんっ、ああっ」

「早智子さん、僕――」

「うん、うん。分かってる。わたしも欲しい」

「上になっていい？」

「上になって――きて。さあ」

早智子は真悟を引き寄せ、自分は仰向けに倒れ込んだ。

今度は真悟が覆い被さる形になる。

「ハアッ、ハアッ。いくよ」

「んだな」

「早智子さんっ」

真悟は抽送を繰り出した。

「ハアッ、ハアッ、ハアッ」

「ああっ、んっ、あふうっ」

正常位なら経験済みだった。真悟は息を切らし、硬直を蜜壺に叩き込む。

「うはあっ、おうっ……」

かたや早智子も胸を喘がせ、悦びに身を委ねている。

「あはあっ、イイッ。オチ×ポ、イイッ」

目をウットリと閉じ、男に突かれる久しぶりの感覚を堪能しているようだ。

真悟は無我夢中で肉棒を出し入れした。

「ハアッ、ハアッ。うぐうっ、き、気持ちいいっ」

「わたしも……。んああっ、掻き回される」

「うああっ、オマ×コがヌルヌルして」

「いいの？　真悟くんのオチ×チンも気持ちいい？」

早智子は自分もよがりつつ、相手も愉しんでいるか気にかけていた。

熟女らしい気遣いに真悟は感激する。

「すごく、いいよ。そう言う早智子さんは？」

「イイッ。いいわ。こだな気持ちいいの、久しぶりだべ」

うなじを赤く染め、背中を反らして身悶える早智子。その蕩けた顔を見れば、言葉が嘘でないことが分かる。

やがて真悟は体勢を変えるため、彼女の片方の太腿を脇に抱えた。

「ハアッ、ハアッ、早智子さぁん……」

先ほどまでより奥まで突けるようだ。自然と抉るような腰使いになる。

「うはあっ、ハアッ」

「んああっ、効くうっ」

すると、早智子は一段と高い声で鳴く。快楽の頂点を目指し、脇目も振らずに悦びを貪っていた。

ずりゅっ、ずりゅっ、と粘膜の擦れる音がする。

「ハアッ、ハアッ、ハアッ、ハアッ」

「ああっ、あうっ、んんっ、ああっ」

いつしか一定のリズムを刻んでいた。男女の肉体が奏《かな》でるハーモニーは、互いが相手に溶け入ることで最高の芸術作品を生み出すのだ。

だが、不協和音は不意に訪れる。

「んああっ、待って。ちょどしてけろ」

一瞬、早智子は動きを止め、彼にも「待った」をかけてきた。

急制動をかけられた真悟はとまどう。

「え？　どうしたの」

「気持ちよすぎて——。イキそうだったから」

「気持ちいいなら、なんで？　僕ももう——」

言いかけたところで、早智子が蟹挟みで彼の腰を引き寄せる。

「んふうっ。なしてってって、こだなチャンス滅多にねぇだもの。せっかくだから、じっくり楽しみたいの」

夫婦生活に恵まれない人妻の心の叫びだった。今宵の一事は真悟の育成であると同時に、早智子にとっても我が身の不幸を忘れられる貴重な機会なのだ。

独身の彼にも、その悲哀はなんとなく分かる気がした。だが、男として今できることは、彼女を精一杯悦ばせてあげることだ。

「早智子さん……」

真悟は呼びかけると、やさしくキスをした。

ウットリとして早智子も応じる。

「ん……真悟くん……」

熱のこもったキスは、やがて欲望の行為へと変化する。舌と舌が絡み合い、盛んに唾液が交換され、互いを貪り合うようになっていく。

「ちゅばっ、んばっ」

「レロッ、ちゅるるっ」

「ふぁう……早智子さん」

「んふうっ、んんっ……」

やがて早智子はキスをしたまま尻を蠢かしてきた。

「むふうっ、んむむ……」

もちろん真悟の口も塞がれている。おまけに蟹挟みで腰を引き寄せられたままなので、互いの恥骨を擦りつけ合うような動きになる。

「んふぁ……ハアッ、うう……」

「んふうっ、んっ……」

ぬちゃくちゃと湿った、鈍い音がした。とめどなく溢れる牝汁が恥毛を濡らし、結合部を水で満たしていた。

動きが制限された中で、真悟もできる限りの抽送を繰り返す。

「ハアッ、ハアッ、ハアッ」

「ああん、あっ、んふうっ」

蜜壺は熱を帯びていた。太茎は肉襞に揉みしだかれ、息せき切るかのように先走り汁を吐いた。

「あっはあ、いいのぉ」

早智子の太腿は、真悟を離すつもりはないようだった。足首でがっちり固め、包み込んだ肉棒をどこへも行かせないようにした。

「うあぁっ、ハアッ、ハアッ、ハアッ」

「イイッ、ん……あふうっ、んんっ」

「ううっ、ヤバいよ。僕もう──」

摩擦が制限されているのに、どうしてこんなに気持ちいいのだろう。真悟は身動きできないことに被虐《ひぎゃく》の悦びさえ感じていた。

肉棒は揉みくちゃにされ、解放を求めている。

「ハアッ、ハアッ。マジで、もう……」

しかし、早智子もまた昇り詰めつつあった。

「はひいっ、イイッ……わたしもイキそ……」

それでも縛《いまし》めを解こうとはしない。

「んあぁっ、いいの。クリが擦れて──」

彼女はどうやら牝芯を押しつけて感じているようだ。

小刻みな腰使いがラストスパートをかける。

「ハッ、ハッ、ハッ、ハッ」

「んっ、あっ、んんっ、あぁっ」

「うあぁっ、本当に僕もうイキそうだよ」

ついに真悟が弱音を吐くと、早智子は言った。

「いいわ。きちゃって。全部出しちゃって」

「い、いいの？　出すよ、このまま」

真悟も顔を真っ赤にしていた。一応確認はしたが、実際はとっくに快楽の大波にさらわれており、途中で止めることなどできはしなかっただろう。

早智子が腕も使って彼を抱き寄せてきた。

「んああっ、イクうっ。イッちゃう」

「だっ、出すよ。イクよ」

「きてっ。出して」

「ううっ、出るっ！」

温もりの中に白濁は解き放たれた。

すると、ほぼ同時に早智子も絶頂に至る。

「はひいっ……イグッ、イグううっ！」

「うはっ」

早智子が息んだ瞬間、さらに肉棒の残り汁が搾り取られた。

「んああ……イイ……」

イキ果てる人妻は輝いていた。最初に出会ったときは、年齢のせいかくすんで見えた肌も、今は艶やかにきらめいている。表情も生き生きとして別人のようだ。

「うはあっ」

射精の気持ちよさに、真悟は反動でガクンと脱力する。

「うふうっ」

すると早智子は男の重みに呻くが、吐息は満足そうだった。

すべては終わったのだ。やがて真悟は気怠《けだる》い身体を起こし、女と離れる。

「おうっ……」

「んっ……」

かたや早智子は目を瞑《つむ》ったまま、しばらく動かなかった。忘れかけていた女の悦びに満ち足りて、余韻に浸っているのだろう。

「よかったわ」

「僕も」

精も根も尽き果てた感じだった。二人は互いを称《たた》え合うと、裸のままいつしか寝入ったのだった。

深夜に真悟はふと目を覚ます。一瞬、自分がどこにいるのか分からなくなるが、隣で寝息を立てている女がいるのを見て、山形にいるのだと思い出した。

無防備な早智子の寝顔はあどけなく、三十七歳の人妻には見えない。

(この人とセックスしたんだ)

改めて思うと、不思議な感じだった。ほんの一日前まで彼は童貞だったのだ。それが翔子の突然の訪問以来、もう二人と経験している。

「ん……うーん」

不意に早智子が身じろぎし、不明瞭な寝言を呟いた。

ポカンと開けた女の口元が、真悟の欲望を疼かせる。そっと側寄り深呼吸すると、生暖かい寝息が甘く芳《かぐわ》しい。

女が手足をだらしなく投げ出した寝姿も、真悟が初めて目にするものだった。

(なんでエッチもできないお爺ちゃんなんかと結婚したんだろう――)

一応説明は聞いたものの、若い彼には今ひとつ納得できなかった。これくらい魅力的な女性なら、きっと他にもいい人がいただろうと思ってしまうのだ。

早智子は肩を丸め、乳房を抱えるようにしていた。

その様子を見つめるうち、真悟はムラムラしてしまう。思えば、まだ女の身体というものをじっくり観察したことはない。

「見せてね」

口の中で呟くと、彼は乳房を覆う腕をそっと退《ど》かす。まだ彼女を起こしたくなかったからだ。

「う……ふーん」

すると、早智子は呻くような声をあげ、横寝から仰向けの姿勢になった。

危うく起こしてしまうところだった。真悟はスリルを楽しんでいた。しかし、仰向けになったことで、女体観察には絶好の形になった。

早智子の身体は、どこもかしこも「円」で象《かたど》られているようだった。

丸いおでこに、丸い鼻。顎のラインもやや丸みを帯びている。起きているときは目だけが少し寂《さび》しげだが、それがかえって男の庇護欲《ひごよく》をそそる。

真悟は人差し指で肩のラインをなぞった。

「これが女のカラダなんだ」

卒業したての童貞には、一つ一つが新鮮だった。肩からなだらかに膨らみ、肉付きのいい二の腕にかけての線は、三十代後半らしい円熟味を感じさせる。

そして胸にはたわわな二つの膨らみ。仰向けになり、やや扁平《へんぺい》気味になっているのも悩ましく、指で押すとふんわり柔らかい。ウブな真悟には他と比べる術《すべ》もないが、若い女の弾けるような感触とは違うだろうことは、容易に想像できた。

その双子山の頂《いただき》には、それぞれ尖りがぴょこんと突き立っている。

真悟は指先で乳首を軽くつまんでみた。

「……んっ」

さすがに早智子もビクンと震える。

だが、まだ目を開けるには至らなかった。真悟は一安心して観察を続ける。

乳房の谷間の切れ目は深く、お腹は平らだった。だが、脇腹には大人の余裕が感じられ、恥毛の茂る土手もふっくら柔らかそうだ。

今度は手のひらを使って、暖かい女の腹を撫でる。しっとりしている。

そこからさらに後ろへ回し、尻の際辺りを触った。

「んん……」

また早智子が身じろぎする。

それでもまだ彼女は目を閉じたままだった。

次第に真悟も大胆になり、人妻の開いた脚の間に手を差し込んだ。

（オマ×コだ――）

手に媚肉が触れる。スリットは閉じているが、指を這わすと粘膜がじっとり濡れたままなのが分かる。

真悟は局部を覗《のぞ》き込みながら、ビラビラをなぞる。

「ふうっ、ふうっ」

「あんっ……」

すると、早智子が小さく声をあげた。

気付けば、彼自身興奮に呼吸を荒らげていた。行きがかりからこうなったとはいえ、一度体を重ねた相手には、特別な感情を抱いてしまう。

悪戯は止まらない。

真悟は狙いを肉芽へと向ける。指を滑らせ、ぷくんと飛び出たクリトリスを探り当てると、円を描くように捏ねまわした。

途端に早智子が声をあげる。

「んんっ……んふう」

さっきよりも明瞭な声だった。だが、悪戯に夢中な真悟は気がつかない。

(これが、クリトリスなんだ)

恋愛の段階も踏まないまま、棚ぼた式に筆おろしまで至ったせいか、二人と経験した後も、なお彼にとっては神秘の連続だったのだ。

本能的に指は花弁からジュースをすくい上げ、牝芯に塗りつけていた。だが、そのときに気付くべきだったのだ。媚肉は新たなぬめりを溢れさせていた。

「あんっ、ダメ……」

ついに早智子の口から言葉らしい言葉が出てきた。相変わらず目は閉じているが、眉間は悩ましげに皺が寄り、太腿を捩《よじ》るように閉じようとしたのだ。

触れる媚肉はいまや洪水だ。真悟の興奮も高まる。

「ふうっ、ふうっ。うう……」

逸物はいきり立っていた。ビンビンだ。寝ている女を悪戯する背徳感がたまらなかった。

すると、不意に早智子の手が股間に伸びてくる。

「んふうっ――」

「おうっ」

睡眠中の当てずっぽうにしては、あまりに狙いが正確だった。真悟は驚いて横たわり、彼女の顔を覗き込んだ。

「早智子……さん？」

「真悟くんの、かたーいオチ×チン……」

早智子は目覚めているようだった。一体、どのタイミングで起きたのだろう。

それでも彼女はまだ目を閉ざしたまま、ペニスをゆっくりと扱いていた。

「ハアッ、ハアッ。早智子さん、起きてたの」

手扱きのダイレクトな刺激にたまらなくなり、真悟は呼びかけた。

すると、早智子もようやく目を開けた。

「真悟くんって、思ったよりスケベなんだの」

「寝ている早智子さんを見ていたら、つい――」

「ううん、責めてるんでないのよ。こだな欲しがられるの滅多にねえから、わたしもうれしくなってしまって」

早智子は言うと、首を伸ばして口づけしてきた。

女の汗と化粧の混ざった匂いがする。

ソフトタッチなキスだった。人妻は青年を慈しむように、何度も唇を合わせるのだった。

「早智子さんっ……」

たまらず真悟は舌を伸ばし、彼女の口中を探る。

その性急な行為を早智子はたしなめるように言った。

「最初から焦《あせ》ってはダメだ。ちょっとずつ、女の心と体を開かせねば」

あくまで大人として、青年に性の手ほどきをしてくれようとしているのだ。最初の時とはまるで別人だった。あるいは、一度目こそ自分の欲求を満たすのに忙しかったが、ここにきて夜伽の使命を思い出したかのようだった。

「真悟くん、おいで」

「うん」

諸手《もろて》で招かれ、真悟は素直に女の胸に飛び込む。

「これで、いいかな――」

彼は言うと、教えてもらったとおりに小鳥がついばむようなキスをした。

すると、早智子の息も上がってくる。

「んふうっ……そうよ、上手」

「ふぁう……」

「上達が早いわ。うん、もういいわ。ベロ出して」

「早智子さ……レロッ、じゅぱっ」

解禁されるなり舌が熱く絡み合う。

「んふぁ……レロッ。んんっ、キスだけで濡れちゃう」

早智子の手がまた陰茎を扱き始めた。

「んふぁっ……ふうっ、うう」

たまらず真悟も手マンで返す。

早智子は腰をせり出した。

「ああん、イイッ。気持ちよくなってきちゃう」

「ハアッ、ハアッ。僕も——ううっ」

互いの愛撫に熱がこもっていく。割れ目は洪水だった。かたや肉棒も青筋立てて憤《いきどお》っている。

「するぅ？」

鼻に掛かった声で早智子が誘う。

もちろん真悟に否やはない。

「うん、したい」

彼が上になるため起き上がろうとすると、早智子が制した。

「ねえ、このままでしょう」

「このまま？」

「んだ。こうして互いに見つめ合ったまま」

要するに、彼女は横寝のまま挿入しようというのだ。「安達家の男を一人前にするための本格的なレッスンの始まりだった。

「うん、分かった。でも……」

いずれにせよリードするのは早智子だった。真悟も逆らうつもりは毛頭ない。年上妻に任せていれば、悦楽が待っているのは確実だった。

「ほら、きて」

早智子は言うと、片方の膝を立てて開脚した。

濡れ光る陰部が丸見えだ。しとどに濡れた媚肉が誘っていた。

「いくよ」

真悟は高さを合わせ、硬直を花弁に差し込んでいく。

途端に早智子が喘いだ。

「あんっ」

「ほうっ……」

気付いたときには根元まで埋もれていた。

「横向きでも、結構いけるものだね」

「んだべ？　こうすっと、ずっと近くにいられるべ」

「うん」

「突いて」

早智子の発するひと言ひと言が刺激的だった。それでもウブな真悟が欲望を素直に出せるのは、幼少時に親しみ慣れた方言のせいかもしれない。

多少の窮屈《きゅうくつ》さはあるものの、真悟は側位《そくい》で抽送を始めた。

「ハアッ、ハアッ」

「んっ、あっ」

ぎこちなさは拭えず、最初はゆっくりした動きしかできなかった。

「ふうっ、ふうっ」

「あんっ、んふうっ」

だが一方、早智子も調子を合わせ、尻を蠢かしてくる。

「おうっ……ハアッ、ハアッ」

「んふうっ、あんっ」

うっとりと目を閉ざし、深い部分で快楽を噛《か》みしめているようだ。直情的に欲望をぶつけるだけがセックスではない。まるでそう言っているかのような、熟女の繊細な腰使いだった。

　ぬちゃくちゃと弾ける水音が次第に高くなる。

　二人のタイミングも合ってきた。

「ハアッ、ハアッ、ハアッ」

「んっ、あんっ、あふうっ」

　早智子は喘ぎながら、真悟の顔を真っ直《まっす》ぐ見つめている。暗がりの中でその瞳は淫らに輝いていた。

「ううっ、早智子さん……」

　真悟は女の腰に手を添え、さらに抽送に励んだ。

　すると、人妻は眉をしかめて悦びを声にする。

「はひぃっ……ああ、このオチ×ポさ離したくねえ」

「ぼ、僕も。ううっ」

「分かる？　中で、カリが擦れているの」

「う、うん。気持ちいい？」

「気持ち……んああっ、イイッ。イイに決まってるべ」

　彼女自身ヘコヘコと腰を動かしつつ、快楽の拠《よ》りどころを教えてくれるのだった。

「──真悟くん」

「ハアッ、ハアッ。ん？」

「きて」

早智子は言うと、彼の身体を抱き寄せた。

「早智子さん」

「好きだず」

「僕も」

自然に唇が重なった。思いが溢れたという感じだった。

「レロッ、ちゅばっ」

「じゅるるっ、レロッ」

舌と舌が濃厚に絡み合う。

と同時に、真悟の手は乳房をまさぐっていた。

「むふうっ、レロッ、ちゅるるっ」

「ふぁう……んんっ、ふうっ」

早智子は意表を突かれ、思わず呻き声をあげる。だが、キスを止めようとはしなかった。

代わりに彼女は真悟の尻を撫でてきた。

「んふうっ、めんごいお尻」

「うふうっ……くすぐったいよ」

女の柔らかい手つきに背筋がゾワッとする。

早智子は男の尻たぼを優しく、円を描くように撫でた。

「ねえ、もっと気持ちよくなることしてあげようか」

彼を見つめる目が妖しく光る。

真悟は人妻の貪欲さに怖れすら覚えた。彼は若く、あまりにも経験が少なかったのだ。だが一方、若さゆえの好奇心にも満ちていた。

「うん、教えて」

「うふ。真悟くんなら断らないと思ったべさ」

素直な返事に早智子もうれしそうだ。

「どうすればいいの?」

「何も。真悟くんは、今まで通り突いてけろ」

「分かった」

真悟は言うと、また腰を抉り上げる作業に戻った。

「ハアッ、ハアッ」

「あんっ、イイッ――」

抽送に早智子も喘ぐが、尻に置いた手は早くも次の獲物を狙っている。

「ハアッ、ハアッ、ハアッ」

「ああっ、そうよ――」

早智子は彼の行為を受け入れつつ、尻のあわいに食指を伸ばしていく。

そして、ついに指がアヌスに触れた。

「うっ……さ、早智子さん!?」

不浄《ふじょう》な部分に触れられ、真悟は思わず問いかける。

しかし、そこがゴールではなかった。

「リラックスして。肩の力さ抜くの」

「何をするの」

「いいこと。ほら、深呼吸するべさ。吸って――吐いて」

真悟は不安を思えながらも、人妻の優しい口調に促《うなが》され、言われたとおりに深呼吸した。

早智子は声をかけ続けた。

「んだ。そだな調子で――もう一回」

「すうーっ、ハアァァァ」

「続けて」

「すうーっ……うぐうっ」

真悟は思わず呻き声を出す。指が、アヌスに侵入してきたのだ。

「早智子さんっ、なんで――」

「大丈夫。落ち着いて」

「だって……汚いよ、そんなところ」

予想だにしない出来事に動揺する真悟。下腹部に重苦しさを覚える。

しかし、早智子はさらに奥深くに突っ込んできた。

「ほら、入っちゃえば楽になるべ」

「うぐ……で、でも、なんかヘンな感じ」

指は一本しか入っていないはずだが、生まれて初めての経験だけに、真悟はそれ以上の異物感を尻に感じる。

やがて早智子は指を中で掻き回し始めた。

「どう？　感じる？」

「どう……って。ふうっ、ふうっ」

「男の人も、お尻で感じておかしいことねえべさ」

「ふうっ、ふうっ」

彼女は言うが、快楽というにはあまりに鈍い感覚だった。

それでも真悟は懸命に腰を振った。

「ハアッ、ハアッ。ううっ、早智子さん――」

「あふうっ、イイッ。わたしも感じてきた」

「このままイッちゃいそうだよ」

尻の刺激がなくても、肉棒はすでに排泄を促していた。

一方、早智子は身悶えながら、着実に指で勘所を探っていく。

「ハアン、ああん」

そして、ついに見つけた。彼女の指が前立腺を捕らえたのだ。

「ここだず――」

「うはあっ」

その瞬間、真悟は身体がバラバラになったように感じた。爆発的な快楽が一気に押し寄せ、怒濤《どとう》となって肉棒から飛び出したのだ。

「出るっ」

白濁が蜜壺に迸った。

「はひぃっ、イイッ……」

それと同時に早智子は異常な早さで腰を穿つ。

「あっ、あっ、イクッ……イッグううう—っ！」

「うおうっ」

射精したところへ激しい摩擦を加えられ、真悟の全身は耐えがたいほどの愉悦に包まれる。

「ああっ、あっ、はううっ、イイッ……」

そして一方の早智子もまた、突発的な絶頂にうなじを朱に染め、徐々に腰の動きを収めていった。

静かな起ち上がりから急角度で昇り詰めた交わりだった。

「ハアッ、ハアッ、ハアッ、ハアッ」

真悟は頭の中が真っ白で、しばらくは何も考えられなかった。

早智子もまだ呼吸を荒らげているが、青年に事の経緯を教えてくれた。

「今のはね、前立腺マッサージって言うの。男の人の性感帯」

「前立腺……そうなんだ。すごく気持ちよかった」

「んだば、よかった。わたしも満足できたず」

ほどよく脂《あぶら》の乗った太腿には、泡立つ悦楽の跡が滴《したた》っていた。早智子は心から満足そうに笑みを浮かべ、感謝の印にキスをするのだった。

すべてを終えたときには、もう深夜の二時を回っていた。二人とも心地よい疲れに包まれており、すぐに眠気が襲ってきた。

ところが、早智子は気怠《けだる》げに服を着始めたのだ。

「帰るの？」

「んだ。亭主が四時半には起きてしまうから」

真悟は少し寂しかったが、早智子はあくまで人妻だ。まもなく彼女は去っていき、彼は愉悦の余韻を噛みしめながら眠りについた。

第三章　汗だく叔母の香り

安達家で過ごす一夜が明けた。離れの部屋に皆代が起こしに来てくれる。

「真ちゃん、起きて。朝だず」

「うーん……。おはよう」

「おはよっす。朝ご飯できてるよ」

真悟が顔を洗い、居間へ行くとすでに朝食が用意されていた。並んだメニューに思わず顔がほころぶ。

「わあ、納豆汁だ。懐かしいな」

納豆汁は山形の郷土料理の一つで、磨り潰した納豆に豆腐、油揚げ、こんにゃく、キノコ、山菜などの具材を入れ、味噌仕立てにした椀《わん》ものだ。

「サクラマスもあるよ。真悟ちゃん、好きでしょ」

先にいる翔子はもう食べ始めていた。

まもなく皆代も席に着き、叔母甥三人が食卓を囲んだ。

「美味いよ、この納豆汁。お祖母ちゃんと同じ味がする」

真悟が料理を褒めると、皆代はうれしそうな顔をした。

「んだべか？　真ちゃんにそう言われると、自信つくべさ」

「本当。言われてみれば、母さんの味そっくり」

翔子も同意し、皆代はますます照れ臭そうにする。

「翔子姉ちゃんまで。何だべ、褒めたって何にも出てこねえっぺ」

朗《ほが》らかな笑顔が行き交う、なごやかな朝の一幕だった。

ところが、翔子のひと言で空気は一変する。

「ところで真悟ちゃん、夜はどうだったの」

「え……!?」

思わず真悟の箸《はし》が止まる。昨夜の首尾を訊ねられたのが分かったからだ。

それまで微笑《ほほえ》んでいた皆代も、急に気まずそうになる。

「ちょっと翔子姉さん、何も今そだなこと聞かなくても」

「何言ってるの。何のために真悟ちゃんを連れてきたと思ってるの？」

姉妹に不穏な空気が漂《ただよ》うのを察し、真悟は慌てて口を挟んだ。

「いいよ、皆代姉ちゃん。けど、どうだったと言われても――」

「お互い満足できたの？」

翔子に真っ直ぐ見据えられ、真悟は赤面してしまう。皆代の前で言いたくはない。だが答えなければ、翔子はそれ以上の暴露をしそうだった。

「まあ、ね。特に問題はなかったと思うけど……」

彼としては精一杯の答えだった。翔子は今ひとつ物足りなさそうだったが、それで勘弁してくれたようだ。

「あたし、今日はこれから会合に行くから。皆代、頼むね」

「分かった。行ってらっしゃい」

話の先が皆代に向かったため、真悟はホッとする。ただ翔子の言う「会合」とは、やはり例の慣習に関するものらしい。村の女衆が集い、次の世話人を選ぶのだ。

「ご馳走様。今日は僕が洗い物するよ」

食べ終えた真悟が立ち上がると、皆代が引き留めようとする。

「そだなこと、真ちゃんがしなくていいって言ったべさ」

「ううん、これくらいさせてよ。世話になりっぱなしじゃ、居心地悪いし」

甥が頑なに言い張るので、最後は皆代も折れた。

「んだば、今朝だけお願いしようず」

真悟としては、面倒をかけることへの申し訳なさがあったのも事実だが、心の片隅《かたすみ》にはどこか皆代に対して贖罪《しょくざい》するような気持ちもあった。翔子と交わってしまったことが、彼女への裏切りに感じているのだった。

朝食を終えると、まもなく翔子は外出し、日中は皆代と二人になった。

「んだば、畑さ行ってくるから」

皆代はトレーナーの上にウィンドブレーカーという動きやすい恰好になり、畑仕事に出かけようとしていた。

暇を持て余す真悟も後を追う。

「僕も手伝うよ。どうせやることないし」

「んだな。汚れてもいい恰好をしてけろ」

今度は皆代も引き留めはしなかった。

それから二人揃って畑に出た。と言っても、専業農家だった昔と違い、今では家庭菜園を少し大きくした程度の耕作地があるだけだ。引退した祖父が、あくまで趣味で続けている畑だった。

天候もよく、春の日差しが気持ちいい日だった。肥えた土の香りは芳しく、飛び交う虫たちも春の訪れを喜んでいる。

キャップを被った皆代は農作物に囲まれ、しゃがんで野良作業に励んでいる。

そのそばで真悟も草取りを手伝っていた。

「ねえ、皆代姉ちゃん」

「ん？　なした」

「正幸叔父さんと離れていて、寂しくはないの」

皆代が帰郷する前から夫は仙台で単身赴任しており、別居状態が続いていた。夫婦関係が上手くいっていないらしいことは、真悟も何となくだが感づいていた。

皆代は地面を見据えたまま答える。

「真ちゃんが、そだなこと気にしなくていいの」

「うん。でも――」

真悟の草むしりの手が止まる。続けたいのだが、言葉が出ない。たしかに学生の自分が訊ねるようなことではないかもしれない。だが、彼は皆代のことが好きだった。大好きな叔母が不幸そうなのを気にかけずにはいられなかったのだ。

皆代も、そんな甥の気持ちを汲《く》んだらしく、仕事を続けながら言った。

「真ちゃんは優しいのね。ありがとう」

「いや、別に……」

照れ隠しに言いながら、真悟は叔母の姿を見やる。背中を向けているので表情は分からないが、いろいろと思うところはあるようだった。

(皆代姉ちゃん――)

なぜか胸が締めつけられる。それと同時に、目に付いたのは皆代の後ろ姿だった。しゃがんでいるせいでトレーナーが上がり、ズボンが下がっているため、腰周りの肌が露出していたのだ。

三十四歳人妻の白い肌が、日に照らされて誘うように輝いている。

「ゴクリ……」

真悟は思わず生唾《なまつば》を飲む。何を考えているんだ、僕は。すぐにおのれを戒《いまし》めるが、一度意識するともうダメだ。どうしても目が追ってしまう。

「真ちゃんこそどうなの。学校は卒業できそう？」

「う、うん。そっちは問題ないよ。もうほとんど単位も取っちゃったし」

「よかった。んだば、姉ちゃんも安心ね」

「うん」

それからは黙々と作業を続け、互いの琴線に触れるような会話はなかった。

その後、ひと汗かいた真悟は風呂に入った。

「ぷはあっ。ああ、昼風呂も気持ちいいもんだなあ」

浴槽に湯を張り、窓から差す日を眺めながら、ゆったりした時間を満喫する。

しかし、頭の中はさっき垣間見た皆代の肌で一杯だった。

「ダメだ、ダメだ」

邪《よこしま》な妄想が浮かぶたび、懸命に打ち消そうとする。相手は子供の頃からよく知る叔母なのだ。だが、彼はすでに翔子と交わっていた。ならば、なんで皆代ともそうなってはいけないのか、という悪魔の囁きが股間を疼かせるのだった。

「うう……」

邪念を振り払おうとすればするほど、妄想が強く迫ってくる。湯の中で逸物はムクムクと膨らんでいき、彼は無意識に甘弄りし始めていた。

すると、そのとき脱衣所から声がした。

「真ちゃん、お湯加減はどうだべ」

「う……うん、ちょうどいいよ」

オナニーしかけていたときに、オカズにしていた本人が現れたものだから、真悟は焦ってしまう。

そうとは知らない皆代が言った。

「一緒に入ってもいい？」

「え……？」

「わたしも汗かいちゃった。ざっと流したいの」

一体どういうつもりだろう。皆代らしからぬ言動だった。妄想が現実になりかけるのを感じ、真悟の鼓動がいやが上にも高鳴る。

「別に……いいけど」

「そう。んだば」

かたや皆代の口調も、どことなく緊張している様子が窺える。

浴槽の真悟はまさかの出来事に不安を募らせていた。

(翔子叔母さんだけじゃなく、皆代姉ちゃんまで——あり得ない)

心底では夢見ていた状況のはずだが、現実に起きてみると少し怖い。

だが、扉の向こうでは、磨りガラス越しに皆代が服を脱いでいる。

そして、ついにそのときは来た。

「入るね」

「う、うん」

やがて扉が開き、皆代が入ってきた。当たり前だが、何も着ていない。とはいえ、彼女はタオルを体の前に垂らし、肝心な部分は隠していた。

「来ちゃった」

おどけた口調は照れ隠しだろう。彼女は言うと、そそくさとカランの前に座り、シャワーで汗を流し始めた。

この一連を真悟は夢でも見ているように眺めていた。湯の熱さも忘れ、身体がフワフワ浮いているようだ。彼女がすぐに座ってしまったため、局部こそ目にすることはできなかったが、背中から尻にかけては丸出しだった。

「ゴクリ——」

喉がカラカラだ。思わず生唾を飲み、見られてもいないのに、浴槽の中で膨らみだした逸物を手で隠す。

皆代は身体を洗い始め、壁を向いたままで言った。

「たまには土いじりするのもいいでしょ」

「う、うん……」

「都会では味わえねぇもの」

「――だね」

どうにも会話がぎこちない。皆代も緊張しているのか、決してこちらを向こうとしなかった。

だが、真悟にとっては幸いだった。おかげでとっくり眺めることができたからだ。皆代の白い肌をボディソープの泡が覆っていく。それが日差しを浴びてきらめき美しかった。腋《わき》から覗く横乳は重たげに揺れ、脇腹から太腿にかけての肉付きも熟女らしくほどよく脂が乗っていた。

しばしの沈黙を破るように皆代が言う。

「昔はこだな風に、よく一緒にお風呂さ入ったね」

「そう言えば、そうだね」

子供の頃、真悟は両親の都合で安達家で暮らした時期があった。その当時は皆代も二十一、二歳で、まだ実家暮らしだったため、よく面倒を見てもらっていた。彼女はまるで年の離れた弟のように可愛がってくれたものだ。

「そう言えば、覚えてる？　真ちゃんとお風呂に入っていたときのこと」

皆代は丁寧に肌を磨きながら思い出話を続ける。

「うん、楽しかったのは覚えている」

真悟も往時を思い出しながら答えた。両親と離れる寂しさをあまり感じないでいられたのは、皆代がいてくれたおかげだった。

「あの頃の真ちゃんったら――」

彼女は言いかけたところで噴き出してしまう。

「何だよ。僕、何かヘンなことしたっけ」

思い出話のおかげで少しリラックスした真悟が問い返すと、皆代は笑いを堪《こら》えて言った。

「あら、覚えてないの？　真ちゃんはね、わたしのお股を見ては、『なんで皆代姉ちゃんにはオチ×チンがないの？』って、毎回聞いてきて困ったんだから」

「えー、そんなこと言ったの、覚えてないなあ」

いかにも子供らしい無邪気なエピソードだが、真悟は実際記憶がなかった。

「まあ、昔のことだからね――」

いつしか皆代は身体を洗い終わっており、おもむろに立ち上がると浴槽に入ってくる。

安達家の浴槽は広く、二人が向かい合わせで浸《つ》かることができた。

湯にたゆたう双乳を見て、真悟はまたぞろ股間が疼くのを感じつつ続けた。

「それで？　そのとき皆代姉ちゃんはなんて答えていたの」

「女の子だからね、としか言いようがなかったけは」

当時、年頃の娘だった皆代としては精一杯の返答だっただろう。人によっては怒り出してもおかしくないが、それだけ彼を可愛がっていてくれたのだ。

真悟は膝を立てた姿勢で座っていた。脚を伸ばすとぶつかってしまうからだが、それ以上に半勃《はんだ》ちのペニスを隠すためだった。

かたや皆代は膝を崩した形で腰を据えていた。湯面を通して股間の恥毛がゆらゆら揺れているのが分かる。

「あの時の答えば、知りたい？」

湯気の向こうで皆代が言った。

真悟の心臓がドクンと鼓動を打つ。

「──うん、教えて」

「真ちゃん、手」

彼女は言うと、彼の手を取り、自分の股間へ導いていく。

「ふうっ、ふうっ」

もはや真悟は興奮を隠せない。叔母に手を引かれ、神秘の園へと足を踏み入れていく。

「あ……」

「んっ」

彼の手が媚肉に触れた途端、皆代は小さく吐息を漏らす。

「分かる？　これが、女の子の秘密よ」

「濡れてる」

湯の中でも、割れ目が愛液で濡れているのが分かる。真悟は指先に感じるぬめりに驚きと感動を覚えていた。

「皆代姉ちゃん……」

無意識のうちに彼は指先を蠢かしていた。

すると、皆代の身体がビクンと震える。

「んんっ……ダメ……」

「すごい。皆代姉ちゃんのここ、ヌルヌルしているよ」

「あんっ、真ちゃんったら。ちょどして」

優しい皆代の顔が悩ましく歪む。ちょどしてというのは、「おとなしくして」というような意味だ。

しかし、真悟は初めて接触を許され、興奮していた。花弁のあわいを指で捏ねまわすと、クチュクチュいうのに感動を新たにしていた。

するると、皆代がついに彼の手を押さえて言った。

「ダメよ、ねえ——そっただ焦らないでけろ」

「だって……」

「言ったべ。女の子の仕組みを知りたいって」

「うん、言った」

「なら——真ちゃん、アソコが見たい？」

皆代の瞳が潤《うる》んでいた。いつも微笑んでいるような顔も、今は思い詰めたような表情をしている。湯に浮く双乳も、心なしか乳首が勃《た》っているようだった。

真悟は普段とは違う叔母を見つめ、思いの丈《たけ》を口にする。

「見たい。皆代姉ちゃんのオマ×コをよく見たいよ」

「んだば——」

皆代は頷き、ざばとばかりにその場で立ち上がる。

水飛沫《みずしぶき》を立て、そびえ立つ裸身は美しかった。見上げる真悟の目には、まるで神話に出てくる女神が海面に現れたように見える。

「もっと近くさ来て。そだなにして見られたら恥ずかしいだは」

赤面する皆代の顔に決意が窺われた。元来の彼女は家庭的で優しい女だった。それが甥の見る前で、裸身を曝《さら》け出しているのだ。並々ならぬ思いでしていることは、鈍感な真悟にも理解できた。

「うん」

彼は座ったままで、叔母の股間に近寄る。目の高さに濡れた恥毛があった。

すると、皆代は彼が見やすいよう、脚を肩幅に開いた。

「これがわたしの秘密。真ちゃんが知りたがっていたこと」

上気した叔母の顔が見下ろしていた。真悟はごくりと生唾を飲み、恐る恐る茂みの奥に手を伸ばした。

「ああ、これが皆代姉ちゃんの――」

「あんっ……」

彼の指が大陰唇を押し開いた途端、皆代は甘い喘ぎを漏らした。

これまで妄想に過ぎなかった光景が、真悟の眼前に広がっていた。

「すごい」

中身が丸見えだ。ぬらつく粘膜は鮮やかなサーモンピンクで、花弁は捩れすぼまっている。一方、肉芽は小指の先ほどもあり、包皮が剝けて息づいていた。

「ハアッ、ハアッ。皆代姉ちゃんのここ、エッチな匂いがする」

鼻を鳴らしてみせる真悟に、皆代は一層顔を赤らめる。

「ンハアッ……わたし、いけないことさしてる」

「舐めたい。舐めていい？」

禁断の果実に真悟は欲望を素直に表わした。彼も背徳感を覚える点では叔母と同様だが、若い分、抑制《よくせい》より欲求が先に立つ。

皆代も彼のストレートさにほだされたようだった。

「おいで、真ちゃん」

「皆代姉ちゃんっ」

許しを得て、真悟は媚肉に顔を埋めた。

「じゅぱっ、レロッ」

舌を伸ばし、夢中でジュースを舐め啜る。

途端に皆代は喘いだ。

「んあぁっ、真ちゃんっ……」

「ふぁう……皆代姉ちゃんのオマ×コ、美味しい」

「そっただスケベなこと、どこで覚え……ああん」

「ずっと、ずっとこうしたかったよ」

真悟は思いの丈を口走りながら、割れ目を頬張り、ずっぱずっぱと音を立ててねぶり回す。

「あふうっ、イイッ」

すると皆代も声をあげ、両手で彼の頭を抱え込むようにした。

叔母の秘部は芳しく、舐める真悟の股間を疼かせる。

「ちゅぱっ。うう、いつまでもこうしていたい」

「あんっ、わたしも——ああっ、そだないやらしく。真ちゃん、いつの間にか大人になったのね」

蜜壺から牝汁はとめどなく溢れ出した。皆代はときおり身体を震わせ、成長した甥を褒めそやしながらも、女の悦びに身を委ねていた。

「レロッ、ちゅぱっ。美味……」

次第に真悟は舐めているだけでは飽き足らなくなり、媚肉に鼻面を押しつけるようにして、首を左右に振り立て、顔面に牝汁を塗りたくった。

「あひぃっ……んああっ、ダメぇっ」

ついに堪えきれなくなった皆代が嬌声を上げる。

「じゅぽっ、皆代姉ちゃんのオマ×コ――」

「あんっ、ああん、真ちゃん上手」

声の響きにも牝の媚態が入り混じっていた。

真悟は頭がカアッとして、何も考えられなかった。

「僕の――皆代姉ちゃん」

「ンハアッ、ダメ……そだなこと言われたら、わたしも」

「ちゅぱっ、レロッ」

「ああっ、真ちゃん、真ちゃん」

皆代は言葉にならない思いを訴えるように呼びかけつつ、太腿をぎゅっと締めつけてきた。

思いのほか締める力は強く、真悟はこめかみに痛みすら覚える。

「ハアッ、ハアッ、じゅぽっ」

だが、それで舐めるのを止めようとはしない。痛みは悦楽の証《あかし》であり、むしろ彼を煽り立ててくるようだった。

「ンハアッ、イイッ」

甥の頭を股間に抱え、ガニ股で喘ぐ皆代は淫らだった。

真悟は舌で牝汁をすくい取り、勃起した肉芽に擦りつけた。

「レロッ、ちゅばっ」

「はうっ……そこは」

敏感な部分を刺激され、皆代が恍惚《こうこつ》の表情を浮かべる。

上目遣いで見上げると目が合った。

「真ちゃん——可愛い、わたしの真ちゃん」

「皆代姉ちゃん」

「ああ、真ちゃんがわたしのアソコ、ペロペロしてる」

皆代の口ぶりはまるで彼女自身、以前からこうなることを願っていたようだった。

そう気付いた真悟は一層興奮し、口に含《ふく》んだ尖りを吸いたてた。

「びちゅううぅぅ……」

「はひぃっ、ダメえっ」

「ずぽっ、むふうっ。皆代姉ちゃんのクリ、勃ってる」

「あんっ。だって真ちゃんが——あふうっ」

「気持ちいい？」

「んだ。気持ちい——ああっ、イッちゃう」

「本当？ なら、僕もっと頑張るよ。皆代姉ちゃんがイクところが見たい」

「んふうっ、ほだなごと……」

真悟はまなじりを決し、牝芯をねぶり、吸った。

すると、まもなく皆代が悦楽の頂点に達した。

「あっひ……イイッ。イクッ、イッちゃうううっ」

「むぐう」

また太腿が締めつけてくる。だが、真悟はなおも舐めた。

「イイッ……ああ、また——イイイイーッ！」

皆代は浴室一杯に響く声をあげ、絶頂を貪った。脚をガクガクと震わせ、崩れ落ちそうなのを危うく堪える。

媚肉がヒクついているのを感じながら、真悟はようやく顔を上げた。

「皆代姉ちゃん？」

「イッちゃった。真ちゃん、上手なんだもの」

まだ息を荒らげながら、皆代は満足そうに微笑みかけた。真悟もうれしかった。自分の愛撫で大好きな叔母が絶頂したのだ。

しかし、口舌奉仕に夢中になりすぎたせいか、真悟はすっかりのぼせていた。

「熱い。もうダメだ——」

ざばと風呂から上がると、立ちくらみがした。

絶頂の余韻冷めやらぬ皆代も、心配になり手を差し出そうとする。

「大丈夫？」

「……うん、ちょっとフラついただけ」

真悟は熱を冷まそうと、シャワーの水を頭から浴びた。気持ちいい。

その様子を眺めていた皆代がぽつりと呟く。

「すごい。真ちゃん、ビンビンだず」

「え？」

言われて股間を覗くと、肉棒はガチガチにいきり立っていた。熱い湯の中でこれほど勃起したことはない。亀頭は真っ赤になって膨れ上がっていた。

髪を濡らした真悟は叔母を見つめて言う。

「皆代姉ちゃんの中に挿《い》れたい」

湯あたりやら何やらで、まともに理性が働かなくなっていたせいだろう。彼は心に秘めていた欲望を素直に口にしていた。

するると、皆代は一瞬黙り込んだまま甥の顔を見つめていた。

「ごめん、僕――」

沈黙に耐えきれず、真悟が前言撤回しかけると、皆代は言った。

「んだな。わたしも欲しい」

「皆代姉ちゃん……」

やがて皆代も湯から上がり、洗い場の方に出てきた。

湯上がりの叔母は美しかった。水も滴るいい女、とはこのことだ。

「こっちから来て」

彼女は言うと、彼に背を向け、おもむろに両手を浴槽の縁《ふち》につく。

驚いたのは真悟だ。

「う、後ろから!?」

「んだ。だってはぁ、恥ずかしくて、真ちゃんの顔まともに見られねえもの」

皆代は言うが、いきなりバックで挿入するというのも、むしろ獣じみて淫らに感じ
れる。

「うん、分かった」

真悟はゴクリと唾を飲み、突き出された尻を見やる。ぷりんとした尻たぼは丸く大きく、挿《い》れたらいかにも温かそうだ。

「ふうっ、ふうっ」

すでに興奮に息を荒らげ、真悟は叔母の背後に近づく。

「きれいなお尻――」

思わず両の手のひらで愛《め》でると、皆代はくすぐったそうに身を捩った。

「んん……真ちゃん、こちょびたいべや」

「つやつやして、お餅みたい」

張り詰めた尻たぼは傷ひとつなく、鏡餅を横に二つ並べたようだ。

その谷間には、すぼまったアヌスがあった。

「ふうっ、ふうっ」

このとき真悟の脳裏には、農作業中の皆代が浮かんでいた。しゃがんだ彼女の尻をどれほど渇望しただろう。それが今、剝き出された状態で目の前にあるのだ。

彼は親指の先で放射皺をなぞった。

途端に皆代がビクンと震える。

「あっ……真ちゃん、どこさ触ってるの」

「だって、とってもきれいなんだもん」

「ダメよ、そだなとこ。汚……あふうっ」

早智子に前立腺マッサージをされたことで、真悟にとってアヌスに対するハードルは下がっていた。これが経験を積むということだろうか。

しかし、彼も欲望に飢えていた。散々口舌奉仕に励み、昂ぶっていた肉棒が挿入を欲していた。

「いくよ」

惜しみつつも尻愛撫に区切りを付け、硬直を割れ目にあてがう。

「ほうっ」

「あんっ」

ぬめりは十分だった。肉棒は花弁にたぐり寄せられるように、蜜壺に吸い込まれていく。

気付いたときには、根元まで埋もれていた。

「うう、皆代姉ちゃん――」

「真ちゃんが、わたしの中に入ってる」

前屈みの皆代はうな垂《だ》れ、充溢感《じゅういつかん》を噛みしめているようだ。

叔母の蜜壺は温かく、動いていないのに、挿入しているだけで不思議と痺れるような愉悦に責め苛《さいな》まれた。

「ハアッ、ハアッ」

「なしたの？　来ていいのよ」

一方、皆代は抽送を欲した。ウブな青年である彼と違い、人妻は直接的な刺激を求めているのだった。

だが、真悟もいつまでもジッとしているわけにはいかない。彼女の腰に手を添えて、ゆっくりと慎重に腰を動かし始める。

「ふうっ、うう……ふうっ」

「んっ……きた」

「ああ、皆代姉ちゃんのここ、ヤバイ」

「何がヤバいの？　わたしも……あんっ、感じてきたみたい」

蜜壺の締まりはよく、太竿は無数の肉襞に撫でられているようだった。本来比べるべきものではないのだろうが、姉の翔子とは違う感触だった。

「ハアッ、ハアッ。ああ……」

すぐにでも射精しそうな悦楽を感じつつ、それでも徐々に抽送は形をなしていく。

それに合わせて、皆代も昂ぶっていくようだった。

「んあっ、んっ。ステキ」

「皆代姉ちゃん、僕——」

「ああ、わたし真ちゃんと繋がってる」

殊更《ことさら》に背徳を意識するようなことを口走り、息を切らすのだった。

結合部はずりゅっ、ずりゅっ、と粘着質な音を立てる。

「こんなに気持ちいいのは初めてだよ」

真悟はまだ二人しか経験がないのに関わらず、大人びた口を利いた。

皆代もその矛盾を指摘したりはしなかった。

「ああん、わたしも——。どうすべ、またおかしくなっちゃいそう」

むしろ自分の愉悦を強調し、甘い声で訴えるのだ。

叔母の包み込むような優しさに、真悟は興奮を新たにする。

「うわあっ、皆代姉ちゃんっ」

いきなり激しく突き始めた。

突然の緩急《かんきゅう》に皆代も乱れる。

「あふうっ、イイッ。ああっ、真ちゃん」

「ハアッ、ハアッ、ハアッ、ハアッ」

「んふうっ、もっと……ああっ、きてえっ」

喘ぐ皆代は羞恥《しゅうち》をかなぐり捨て、自らも尻を振りたてた。悦楽が高まるのに比例して頭を低くし、背中の反りが深くなっていく。

「皆代姉ちゃん、皆代姉ちゃんっ」

もはや真悟は何も考えられなかった。無意識のうちにまぶたを閉ざし、ひたすら肉棒に走る快感に集中する。

「あっ、ああっ、んっ、イイッ」

「ハアッ、ハアッ、ううっ……」

「抉って。奥まで——あふうっ、中が、イイッ」

突き上げられる振動に、皆代の声は途切れがちだった。浴室のタイルに脚を踏みしめ、悦びを貪る様《さま》がいやらしい。

互いに欲しながら、叔母甥の関係にためらっていた二人は、ついに一線を越えたことでリミッターが外れたようになっていた。

「んああーっ、ダメ……わたし」

「僕も……っく。もうヤバいかも」

それだけに悦楽の高まりも早かった。肉棒が出したがっている。真悟は本能に突き動かされ、腰を振るのを止められない。

「ハアッ、ハアッ、ハアッ、ハアッ」

睾丸《こうがん》が持ち上がり、射精の準備は調った。

時を同じくして、皆代も二度目の絶頂を迎えようとしていた。

「はひぃっ、イイッ……また」

「ああ、もうダメだ。出ちゃいそうだよ」

ついに真悟が限界を訴えると、皆代は言った。

「今日は、大丈夫な日だから」

「え……？　大丈夫、って」

「中に――わたしの中に、真ちゃんの熱いのを全部出して」

「い、いいの？」

なんと安全日だから中出ししていいと言うのだ。真悟は理解するなり頭がカアッと熱くなり、心の奥底から歓びが湧き上がってきた。

「うわあっ、皆代姉ちゃんっ」

思わず前屈みになり、彼女の身体を抱きすくめるようにして、両手で乳房をわしづかみにして揉みしだき、かつ激しい抽送を放った。

「ハアッ、ハアッ、ハアッ、ハアッ」

激しく突き込まれ、乳房を揉みくちゃにされる皆代も昂ぶっていた。

「んああっ、ダメえっ。真ちゃん、真ちゃんっ」

「イクよ。このまま、中に出すよ」

「出して。わたしも——んああっ、イクうっ」

唯一自由になる頭を盛んに左右しては、愉悦を訴えたのだ。

「はひぃっ、わたしもうダメ……」

そう言って彼女が息んだ途端、蜜壺が肉棒を食い締めてきた。

これ以上、真悟は耐えられなかった。

「ぐはあっ、ダメだ——出るっ！」

大量の白濁液が飛び出し、胎内に叩きつけられる。

すると、皆代も首をもたげて身悶えた。

「んああっ、イクッ。イクううっ！」

白い背中に汗を浮かべ、人妻は絶頂を叫ぶ。太竿を食い締めた尻を振り立て、なおも絞り立てるように悦楽を貪った。

「うはあっ」

「イイッ、イイイイーッ……」

浴室に響く喘ぎが、絶頂の余韻のごとく後を引いた。

そして、瞬く間の交わりは終わりを告げたのだった。

「ハアッ、ハアッ、ハアッ、ハアッ」

「ひいっ、ふうっ、ひいぃっ、ふううっ」

しばらくは息も継げず、二人は繋がったままだった。

だが、やがて皆代が立っていられなくなったというように、その場にしゃがみ込んだので、自ずと結合は解き放たれた。

「皆代姉ちゃん──」

「ごめん、しばらく落ち着かせて」

真悟が声をかけるも、皆代は返事ができないようだった。激しい絶頂に何も考えられないのか、あるいは今さらながら罪悪感に苛まれているのかもしれない。

それは真悟も同様だった。しゃがんだ皆代の足下には、媚肉から溢れた白濁が滴り落ちて、タイルに水溜まりを作っているのが見えた。

入浴後、真悟は縁側で夕涼みをしていた。

「ふう」

肌を撫でるそよ風が気持ちいい。皆代は台所で夕飯の支度をしているところだった。あんなことがあった後でお互い何となく照れ臭く、風呂を出てからはろくに会話もしていない。

そこへ翔子の車が帰ってきた。

(随分長くかかったな)

出かけたのが午前中だったから、会合とやらは数時間にも及んだようだ。

車を停めた翔子が、意気揚々として彼のもとへやってくる。

「決まったわよ」

開口一番言われ、真悟はまごついてしまう。

「え……と、お帰りなさい」

「お帰りー、じゃないわよ。真悟ちゃんにピッタリの相手が見つかった、って言ってるの」

「う、うん……」

本当は真悟にも分かっているのだ。翔子は村の女衆と話し合い、彼の「世話人」を選んできたのだった。

　しかし、念願だった皆代との交わりの後では、前のめりになって聞く気分にもなれない。

　翔子も何か異変を感じたのだろう。真悟のとなりに腰掛けると、やれやれといった表情で続けた。

「ちょっと、しっかりしてよ。これが最後の仕上げなんだから」

「――え？　どういうこと」

　真悟がようやく関心を抱いたのを見て、翔子はほくそ笑む。

「ここを越えれば、真悟ちゃんも一人前の男になれるのよ」

「うん」

「いい？　お相手はね、笹原《ささはら》結衣《ゆい》さんといって、三十歳の既婚者なの」

　また人妻だ。真悟は密かに思うが、年齢はこれまでより若いらしい。憧れの瑞季とも二歳しか変わらない。

　だが、その後に翔子が打ち明けた内容がまるで違った。

「結衣さんはね、結婚してもう五年近くになるんだけど、なかなか子供ができなくて悩んでいたの」

「うん……」

なんだか話の雲行きが怪しくなってきた。翔子は続ける。

「彼女自身には問題ないらしいわ。どうやら旦那の方に子種がないみたいで」

「……」

「だからね、代わりに真悟ちゃんが受精させてあげるってわけ」

ことをなげに言う翔子に対し、真悟は呆れて言葉も出ない。ちょうどそのとき台所でガタンと何かがぶつかる音がして、ようやく彼は我に返った。

「ちょっ……冗談でしょ？　何言ってるか――」

「冗談なわけないじゃない。運がよかったのよ。真悟ちゃんが一人前になるのに必要なときに、たまたま結衣さんみたいな人がいたんだから」

「いや、運がいいとかそういう問題じゃ……。おかしいでしょ、赤の他人である僕がどうして――」

これまでは翔子の言うなりに流されてきた。童貞だった真悟が、初めて知る性の悦びを満喫していたのも事実だ。

だが、今回に限っては、全く事情が異なる。

「翔子叔母さん、そんなの僕、できないよ」

「できないことはないでしょう？　やることは一緒なんだから」

翔子の論法は常にシンプルだった。実際、彼女と交わったときも、真悟は中出ししたのだ。もっとも叔母の場合はピルで避妊していたからだが、行為としては同じようにすればいい、と言いたいらしい。

それでも真悟はなかなか踏ん切りがつかなかった。

「無理だよ、僕……」

「もう、困った子ねえ」

あくまで言い張る甥に対し、さすがの翔子も手をこまねいてしまう。

だが、そこへ援軍が現れた。

「真ちゃん、姉さんの言うとおりにすろ」

いつの間にか皆代が後ろに立っていた。台所にも話し声が聞こえていたらしい。

「皆代姉ちゃんまで──」

「真ちゃんは知らねえだろうけど、昔っからこの村では、そうやって生まれてきた子が何人もいるのよ」

「そう、そうなのよ。皆代の言うとおり、これは安達家だけじゃなく、ここ一帯の常識なんだから。真悟ちゃんは何も心配しなくていいの」

叔母二人がかりで説得され、真悟もこれ以上拒み続けられなかった。

「分かった。少し考えさせて」

「いいよ。いずれにせよ、今日すぐにって話じゃないから」

何とか結論を引き延ばし、翔子から譲歩を引き出すのが精一杯であった。


その後の夕食はまるで味がしなかった。真悟は胸にモヤモヤを抱えたまま、夜になるとそそくさと離れの自室に引きこもった。

「どうすればいいんだよ……」

布団を被っても、思考が堂々巡りして寝付かれない。東京へ帰りたいとさえ思った。気楽なアパート暮らしが懐かしく感じられる。

「瑞季さん――」

愛しい人の名を呟いてみる。あれからいろいろあり過ぎた。翔子の突然の来訪から筆おろしに至り、山形では早智子と、そして成り行きから皆代と交わることにもなった。

一体、一人前になるとはどういうことだろう。ベッドで転々としながら思いあぐねていると、部屋の扉をノックする音がした。

「もう寝てしまっただや？」

皆代の声だ。真悟は布団をめくり、返事する。

「ううん、起きてるよ」

すると扉が開き、皆代が部屋に入ってくる。だが、その恰好に驚いた。

「み、皆代姉ちゃん？」

「どうにも寝付かれねで、来ちゃった」

現れた叔母は、スケスケのキャミソール姿であった。薄暗い明かりの下でも、ブラジャーとパンティーがしっかり透けて見える。

皆代らしからぬ扇情的なスタイルに真悟は見惚《みと》れて声も出ない。

気付いたときには、叔母はベッドの縁に腰掛けていた。

「これさ、黙って翔子姉さんのを借りたんだ」

「そうなんだ……」

真悟も知らぬ間に起き上がっていた。

皆代は化粧水の香りを漂わせながら言った。

「さっきも姉さんが言ったみたいに、結衣さんとのことが無事済んだら、真ちゃんも無事卒業できるべや」

「う、うん……」

「なしたの？　うれしくないの」

「いや、そういうわけじゃ――」

皆代が身動きするたび、サラサラと衣擦れの音がする。浴室での出来事が真悟の脳裏に浮かんだ。

「今どきヘンだべや、こだな慣習。わたしもおかしいとは思うけど、おかげで真ちゃんとアレすることができてはぁ――」

言いかけて、皆代は恥ずかしそうに俯く。薄衣越しに覗く谷間が悩ましい。

真悟の鼓動は高鳴っていた。

「僕も、その……うれしかったよ」

遠慮がちなその一言にも、皆代はパッと顔を輝かせる。

「本当？　よかった。わたし、てっきり真ちゃんに嫌われちゃったかと思ったから」

「そんなわけないじゃないか」

ムキになって言う彼を皆代は愛おしそうに見つめた。

「でね、わたしも父さんが退院したら、仙台に戻ることになっているの」

しばらく別居していた夫と、また一緒に暮らすことになったらしい。本当なら喜ぶべきことなのだろうが、それを聞いた真悟は正直少し寂しい気がした。

彼がしばらく黙っていると、皆代は続けた。

「だから、チャンスは今夜しかねぇべと思って」

「うん……えっ？」

「最後に真ちゃんとの思い出が欲しいの」

彼女は言うと、布団の中をまさぐってきた。

「皆代姉ちゃん、僕——」

真悟のリビドーが覚醒する。これが最後と思うと、胸が締めつけられた。

「僕も、皆代姉ちゃんが欲しい。忘れたくない」

「真ちゃん……」

皆代の身体がふわりと胸に飛び込んでくる。

薄衣に包まれた肉体を抱きながら、真悟は素直に願いを口にしていた。

「皆代姉ちゃんの体を舐め回したい」

「——いいよ。真ちゃんの好きにして」

すると、皆代も彼の希望を受け入れ、一緒にベッドへ倒れ込む。

ぼんやりした照明の下、しどけない叔母の肢体は幻想的だった。

「皆代姉ちゃん」

「真ちゃん」

一時見つめ合い、キスが始まる。昼間一度交わっているだけに、甘いキスはすぐに激しい舌の絡み合いとなった。

「レロッ、ちゅばっ」

「んふうっ、真ちゃんのキス、さっきより上手になってる」

「皆代姉ちゃん、いい匂いがする」

「んだか？　あんっ」

二人は飢えたように互いの唾液を貪り合った。すでに浴室で一度交わっているのにもかかわらず、否、むしろそれ以前より一層相手を求めているようだった。

「ハアッ、ハアッ」

真悟はやがて叔母のうなじに舌を這わせていく。

すると、皆代はくすぐったそうに身悶えた。

「あんっ……んっ」

「きれいな肌――」

滑らかな首筋を舐めあげ、耳の裏から溝をなぞるように辿っていく。

彼の舌先が耳の穴にまで入り込んでくると、皆代はビクンと震えた。

「はううっ、ダメぇ……」

媚態を帯びた喘ぎ声に、真悟は一層興奮する。

「レロッ、ちゅうう……」

また首筋を下り、鎖骨の辺りを強く吸った。

「んふうっ、ああ、真ちゃん」

「ちゅばっ、ちゅばっ」

「ああっ、いいわ」

寝乱れる間に、キャミソールの肩紐が落ちていた。真悟はその勢いを駆ってキャミソールを脱がせ、ついでにブラジャーも剝《は》ぎ取ってしまう。

「ああっ……」

ぷりんと飛び出た二つの膨らみ。自身の重さに耐えきれないかのごとく、ゆさゆさと揺れている。

真悟は一方の尖りに吸いついた。

「ちゅばっ」

「んあっ……」

途端に皆代は顎を反らし、身悶える。かなり敏感になっているようだ。

その反応を確かめながら、真悟は乳首を舌で転がした。

「皆代姉ちゃんの乳首、勃起してるよ」

「――バカ」

恋人にするような甘えた返事に、真悟は頭がカアッと熱くなる。

「皆代姉ちゃんのオッパイ……」

両手で膨らみをわしづかみにし、揉みしだきつつ乳首にしゃぶりつく。さらには双乳を両側から揉み寄せ、左右の尖りを交互に吸った。

「ちゅばっ、んばっ」

「はううっ。エッチな真ちゃん――」

皆代は口走り、慈しむように甥の髪の根を指で掻き乱す。

「ハアッ、ハアッ」

真悟は本能に突き動かされていた。すでに二人の叔母と交わってしまったのだ。もはや欲望を遮《さえぎ》るものは何もない。

「皆代姉ちゃんっ」

「あ……何を――」

皆代が制する間もなく、彼は叔母の腋下に顔を突っ込んでいた。

「すうーっ——ああ、皆代姉ちゃんの匂い」

「ダメ……ねえ、そだなとこさ」

好きにしていいとは言ったものの、さすがに皆代も腋を嗅がれるとは思っていなかったのだろう。恥ずかしそうに身をもがくが、真悟は離さなかった。

そして、ついには舌で舐め始めた。

「レロッ、ちゅばっ」

「ああん、ダメぇ。くすぐったいよう」

皆代が子供のような声を出す。

一方、真悟は剃《そ》り残しのザラザラした舌触りを堪能しつつ、手をパンティーの中へと突っ込んだ。

「レロレロッ、ちゅぱっ。オマ×コ、ビチョビチョだよ」

「あんっ、だって……あぁっ」

「ハアッ、ハアッ」

十分腋を味わうと、真悟は下半身へと向かう。

皆代はウットリとして、甥の愛撫に身を委ねていた。

「皆代姉ちゃんの体、全部食べてしまいたい」

「ああん、食べて。わたし、真ちゃんに食べられたい」

破廉恥な会話を交わしながら、真悟の舌は彼女の腹を舐め、太腿、膝と下っていく。

「ああっ、ダメ。そこさ――」

皆代も予感していたのだろう。だが、そのときにはすでに真悟は彼女の左足を捕まえていた。

「はむっ――」

ためらうことなく、彼は叔母のつま先を口に含んでいた。

「ダメ……汚いべさ」

「ううん、皆代姉ちゃんに汚いところなんて一つもないよ」

真悟は口中で足指の一本一本を丁寧に舐める。自分でも変態じみた行為だとは思いながらも、肉体は欲求に従っていた。

本当はこういうことがしてみたかったのだ。彼は改めて自分の欲望を教えられた気がしていた。だが、それも相手が皆代だからこそ素直になれたのだ。

「レロッ、ちゅぼっ」

「んああ、もう――ねえ、今度はわたしにさせて」

そう言う皆代の目は爛々《らんらん》と輝いていた。普段の、どちらかと言えば受け身の彼女からは想像できない、肉欲に燃えた目であった。

「うん、いいよ」

口舌愛撫に満足した真悟は素直に従う。

横たわった彼の服を皆代が脱がせていく。

「すごい。オチ×チンがはち切れそう」

まろび出た逸物は怒髪天を衝《つ》いていた。亀頭は張り詰め、先っぽから透明の先走りを噴きこぼしている。

「おつゆさ、いっぱい――」

彼女は言うと、舌を尖らせて鈴割れをくすぐる。

「はううっ」

「エッチなオチ×チン」

皆代は舌を長く伸ばし、上目遣いでカリ首周りを舐め回す。

鋭い愉悦に真悟は思わず仰け反った。

「うはあっ、みっ、皆代姉ちゃんっ」

「んふうっ。さっきのお返しだず。美味し――」

その言葉通り、皆代はわざと見せつけるようにして、今度は裏筋を舐めあげる。

「レロッ――」

「ううっ……皆代姉ちゃん、エロい顔してる」

「んん？　だって、真ちゃんのオチ×チン美味しいんだもの」

皆代は焦《じ》れる彼を横目で見つつ、肉棒をすっぽり咥え込んだ。

「うぐうっ」

そして、すぐにストロークが始まった。

「じゅぽっ、じゅっぽ、じゅるるっ」

「ハアッ、ハアッ、ああ……」

めくるめく快感に真悟は時を忘れ、異空間を漂っていた。二十一年の短い半生で感じたことのない歓びに、記憶が全て塗り替えられていくようだ。

だが、皆代の愛撫はそれで終わらなかった。

「じゅぷっ……んふうっ、まだいっぱい溜まってるみたい」

肉棒から口を離した彼女が見据えているのは、息づく陰嚢だった。

「大好きよ、真ちゃん」

彼女は言うと、おもむろに袋を口に含んだ。

重苦しい愉悦が真悟を襲う。

「うぐうっ」

「じゅるるるっ、じゅぱっ」

皆代は口中に唾液を溜めて、精子袋を熱心に吸いたてた。

「ハアッ、ハアッ」

舌の上で玉を転がされ、真悟は息を荒らげ腰を浮かす。

だが、さらに皆代は手で肉棒を扱いてきた。

「じゅぷっ、んふうっ、じゅるるっ」

「うはあっ、皆代姉ちゃんそれ——ああ、ヤバイって」

玉を吸われ、竿を扱かれ、真悟は頭が真っ白になる。童貞を卒業して間もないにしろ、こんな快感は初めてだった。

「じゅぱっ、じゅるるるっ」

扱く手が次第に激しくなり、愉悦も比例して高まっていく。

「あああ……」

このままではイッてしまいそうだ。たまらず真悟は彼女を制した。

「ちょっ……待って。皆代姉ちゃんの中でイキたい」

「んだな。わたしもオチ×チンさ、しゃぶってたら欲しくなってきた」

皆代にも異存はないらしい。

自ずと真悟が上に覆い被さる形になった。

「今日は平気なんだよね」

「んだよ。真ちゃんのをたくさんちょうだい」

「皆代姉ちゃんっ」

真悟は唾液塗れの肉棒を突き入れた。

「あふうっ」

その衝撃に皆代が喘ぎを漏らす。そこにはもはや昼間のような遠慮は見られず、悦楽を求める一人の女がいるだけだった。

硬直はぬめった媚肉に包まれていた。

「ハアッ、ハアッ」

息を切らす真悟だが、挿入したきりまだ動かない。動けないのだ。

「皆代姉ちゃんの中、あったかい」

少しでも刺激を加えたら、イッてしまいそうだった。

皆代はそんな彼の気持ちを汲んでくれる。

「真ちゃんのも熱いべや。いらっしゃい――」

無理に催促したりはせず、諸手を差し伸べ、キスを求めてきた。

「皆代姉ちゃん――」

「好きだず」

「僕も――ちゅばっ」

「んん……レロッ」

熱いキスには感情がこもっていた。真悟は叔母の肩を抱き、夢中で唾液を啜る。一方、皆代も息を喘がせながら、甥の口中を舌でまさぐるのだった。

「ふぁう……みちゅ」

「んふうっ、ちゅばっ」

互いの呼吸を間近に感じ、肌の温もりで思いの丈を伝え合う。

長く濃いキスはさらに感情を高め、欲望を深めたが、結果的には真悟に抽送する勇気を与えてくれた。

「レロッ、むふうっ」

彼は唇を重ねたまま、慎重に腰を振り始める。

すると、皆代も敏感に反応した。

「んふうっ……んんっ」

最初は、探り探りといった感じだった。振幅は肉棒の半ばほどであったたし、動きも緩慢《かんまん》だった。

それでも皆代は徐々に昂ぶっていく。

「んっ……ふぁう。あんっ」

「ふうっ、レロ……」

次第に真悟も息が苦しくなってきた。それとともに抽送の速度も上がる。

ついに耐えきれず、彼は起き上がり、本格的に腰を振り始める。

「ぷはあっ――ハアッ、ハアッ、ハアッ」

「あっ。ああっ、あふうっ」

解放された皆代も盛大に喘ぎだした。

風呂場での性急な立ちバックと違い、正常位での交わりは真悟に深い悦びをもたらした。

「ううっ、気持ちいいよ。皆代姉ちゃん」

「わたしも――んああっ、真ちゃんの硬いのが……」

「皆代姉ちゃんも気持ちいい？」

「ん。イイッ、すごくいいわ。ああ、おかしくなってしまいそう」

皆代は胸をせり出すようにして、息を喘がせていた。本来は貞淑な地方妻が、股を大きく開いて男を受け入れる姿は淫らだった。

しかも、その相手は姉の息子なのだ。

「んああっ、ダメ……わたしもすぐに──あふうっ」

「ううっ、皆代姉ちゃんっ」

肉悦に溺れながらも、二人とも心の底では許されざることをしているという意識は残っていた。だからこそ、余計に燃えるのだ。

「ハアッ、ハアッ、ハアッ」

勃起した肉棒は蜜壺を抉り打つ。竿肌をぬめりに照り映えさせ、中で先走りを放ちながら女体の悦びに勇んでいた。

「あんっ、ああっ、んふうっ」

かたやそれを受け入れる媚肉も、花弁を充血させ、新たな蜜を滴らせながら、硬直に抉られる悦びに打ち震えているようだった。

「あひいっ、あっ……わたし、もうダメ──」

皆代が不意に太腿を締めつけてくる。

すると、同時に蜜壺も肉棒を食い締めてきた。

「ぐはあっ、おうっ」

「イイッ……あっ。イクッ、イッちゃう」

意外や先に弱音を吐いたのは、皆代の方だった。

「あんっ、ああん。ダメえっ、イクううっ」

彼女は喘ぐとともに、顎を反らし、四肢を突っ張った。

その反動で蜜壺がキュッと縮まったようだった。

「うはあっ、ダメだ出るっ」

「イイイーッ！」

真悟が射精するとともに、皆代は体を震わせつつ果てた。美しい顔を歪ませ、投げ出された手はシーツをきつく摑《つか》んでいる。

「んあああっ……」

絶頂は長く続き、彼女は喉を振り絞るような喘ぎを吐くと、満足したようにがくりと脱力するのだった。

「ハアッ、ハアッ、ハアッ、ハアッ」

「ひいっ、ふうっ、ひいっ、ふうっ」

射精の瞬間、真悟も頭が真っ白になり、全てを出し尽くしたように感じた。愉悦は凄まじく、事後もしばらくは自分がどこにいるかさえ分からなかった。

やがて息が落ち着くと、皆代が微笑みかけてくる。

「よかっただよ、真ちゃん——」

「僕も。最高だった」

「今夜のことさ、絶対忘れねから」

「皆代姉ちゃん」

彼女に顔を引き寄せられ、真悟はキスをする。彼は叔母に対する感謝とともに、一《いち》抹《まつ》の寂しさも覚える。

だが、物事にはすべて終わりがあるのだ。

「うう……」

「あっ……」

真悟が上から退き、結合が解かれた。中で大量に放たれた白濁液は、捩れた花弁から噴きこぼれていた。その様子は、まるで貪欲な唇が満ち足りて、よだれを垂らしているようだった。

「んだば、わたしそろそろ——」

しばらくして、皆代が起き上がろうとする。自分の寝室に帰ろうとしたのだろう。

だが、真悟はまだ終わりにしたくなかった。

「皆代姉ちゃん、待って」

「なしたの？」

「もう一回、しよ」

「ダメよ、もう寝なくちゃ」

皆代は甥を諫《いさ》めようとする。しかし、その目はどこか喜んでいるようだ。

「皆代姉ちゃんっ」

「――あっ」

真悟が押し倒すと、皆代はうつ伏せに倒れた。白い尻が誘いかけてくるようだ。

「このまま、いい？」

日頃の彼には珍しく、わがままを押し通そうとしていた。その熱い思いは、皆代にも通じたようだった。

「ん。いいよ」

「姉ちゃんっ」

真悟はうつ伏せになった叔母の尻に肉棒を突き立てた。

「ほうっ……」

「んあっ、また──」

果てた後も、肉棒は勃起したままだった。寝バックで覆い被さった真悟は、両手で尻たぼを剝くように開き、奥深くまで突き刺した。

「ハアッ、ハアッ、ハアッ」

「うふうっ、んっ、んむうっ」

皆代は枕に顔を埋め、くぐもった喘ぎ声を漏らす。しっとりと汗ばんだ背中が、彼女もまたこの危険な遊戯を愉しんでいることを語っていた。

真悟は無我夢中で腰を振る。

「ハアッ、ハアッ、おお……皆代姉ちゃん」

「んああ、どうしよ。また──」

「ずっと、ずっとこうしていたいよ」

「わたしも……ああっ、真ちゃんっ」

すでに敏感になった媚肉は、立て続けの抽送で瞬く間に昇り詰めていく。

「ダメ……ああっ、イクうっ」

「ハアッ、ハアッ、僕も……うはあっ」

「イイイーッ」

二度目の絶頂も二人同時だった。放たれた精子の量こそ少ないが、愉悦はそれ以上に凄まじく感じられた。

「はううっ、うっ……」

「んふうっ、イク……」

そして、今度こそ終わったのだった。真悟は徐々に抽送を収め、呼吸を荒らげながら、そっと肉棒を引き抜いた。

「あんっ」

うつ伏せの皆代がビクンと震えた。打ち付けられた尻が赤く染まっている。やがて彼女は大儀《たいぎ》そうに仰向けになり、真悟を見つめた。

「明日は頑張ってね」

「うん」

このときには真悟も覚悟を決めていた。すでに二人の叔母といたした後だ。もはや毒を食らわば皿までといった心境だった。

「んだば――」

甥の覚悟を見届けた皆代は、満足と寂しさの入り混じった表情で、離れから出て行こうとする。

だが、真悟はまた引き留めた。

「今夜だけ、皆代姉ちゃんと一緒に寝たい」

「だども……」

「お願い」

子供のようにねだる甥に、皆代も最後は折れた。

「仕方ねべな、今夜だけだず」

別れがたい思いは彼女も同じだったのだろう。それから二人は抱き合うようにして一つの布団で一緒に寝た。真悟は叔母の香りに包まれ、安心してぐっすり眠るのだった。

第四章　孕ませ里の若妻

その日も、午後になるまでは何事もなく過ぎていった。真悟は朝のうちに自分の腹が決まったことを翔子に告げたが、内心はやはり不安もあった。

そして、昼下がりのことだった。真悟が庭で鶏の世話をしていると、白装束《しろしょうぞく》姿の翔子が現れた。

「翔子叔母さん、どうしたの。その恰好」

神社の巫女《みこ》のような衣装に驚き訊ねると、彼女は言った。

「これからお清めの儀式をするのよ」

「お清め……？」

一瞬、真悟は翔子の悪戯を疑うが、叔母の顔は真剣だ。

「いいから。とにかくいらっしゃい」

「う、うん。分かったよ」

冗談ごとではないと分かり、真悟も素直に頷く。

ところが、翔子に連れて行かれたのは浴室だった。儀式というからには、近くの神社かどこかへ出向くものと思ったら、意外に身近な場所で真悟は少し拍子抜けする。

「ここでするの？」

「そうよ。昔は安達家の墓前でしたみたいだけどね。でもほら、もう春とは言っても、まだ肌寒いだろうから」

「ふうん」

「さ、早く服を脱いで」

翔子は彼に全裸になることを命じた。浴室という時点で予期してはいたのだ。真悟はまだどこか釈然としなかったが、それ以上は逆らわず、服を脱いでいった。

「真悟ちゃん、こっちに来て。座って」

先に浴室に入った翔子が、風呂場の椅子を指し示す。その手には、どこで見つけてきたのか、葉の付いた榊《さかき》の枝を持っていた。

「うん……」

全裸になった真悟は、前を隠しながら言われたとおりにする。翔子とは一度交わった間柄だが、昼の陽光の下ではやはり気恥ずかしい。

真悟は叔母に背中を向けた形で座っていた。

背後に立った翔子が厳《いか》めしい口調で告げる。

「ただ今より、日高真悟の清めの儀式を執《と》り行います。安達家の血を引く男子にのみ認められ、村の繁栄を願う女子衆と交わり、無事孕《はら》ませることの叶《かな》うよう、ここに祈願することを誓います」

流暢《りゅうちょう》に語られた後、榊の枝を振る音がカサカサと鳴った。

「心清めたまえ」

翔子は言うと、桶に溜めた水を彼の背中に浴びせる。水といっても、冷たくない程度のぬるま湯だ。

「身体健《すこ》やかなれ」

そして、榊の枝で左右の肩をさっと刷《は》いた。

当初疑っていた真悟も、一連の祝詞《のりと》と儀式にいつしか神聖な気持ちになってくる。やはり冗談ごとなどではなかったのだ。

「真悟ちゃん、立って」

やがて呼びかけられたときには、彼も真剣な面持ちになっていた。

「こっちを向いてちょうだい」

「はい」

振り向くと、叔母の顔が近くにあった。

「何やってるの。ほら、手をどけて」

股間を手で隠しているのを見咎《みとが》められ、真悟は慌てて手を離す。

すると、逸物は勃起こそしていないものの、やや膨らみかけていた。

「続けるわよ」

翔子は何事もなかったように言うが、目が妖しく光ったようにも思われる。

直立不動の真悟を前に、彼女は儀式を続けた。

「子種の頑健なることを願い――」

にわか巫女となった翔子が、調子をつけて祝詞を口ずさみながら、榊で陰部をさらさらと撫でるようにした。

「う……」

思わず真悟は吐息を漏らす。枝葉がペニスに触れてくすぐったい。

「男と女の悦びが実を結び、子々孫々、未来永劫《えいごう》続きますように」

翔子は相変わらず口調こそ真剣だが、枝で股間をまさぐる手つきが必要以上に念入りなようにも感じられる。

執拗な刺激にやがて肉棒は勃起してしまう。

「ふうっ、ふうっ」

神聖な儀式の最中に勃起するなど不敬にも思われるが、真悟からすれば不可抗力だった。

「翔子叔母さん、ちょっと――」

ついに堪えきれなくなり、彼は引け腰になって訴える。

すると、翔子は勃起物に視線を注ぎながら言った。

「あら、大変。霊験あらたかと言ったところかしら」

「まだ続くの、これ」

「そうねえ――最後の仕上げが必要みたいね」

彼女は言うと、おもむろにしゃがみ、反り上がった肉棒をつまんだ。

真悟は顔を真っ赤にしてとまどう。

「仕上げって、どうするの」

だが、本当は彼もこれから何が起こるか分かっていたし、期待してもいた。

翔子が上目遣いで訊ねる。

「どうして欲しい？」

「どうして欲しい、って。ううっ……」

ゆっくりと陰茎を扱かれ、真悟は前屈みになる。

「こんなものを見せられたら、放っておけないでしょ」

彼女は言うと、舌を長く伸ばし、根元から裏筋を舐めあげた。

真悟の股間に快感が走る。

「はううっ、叔母さん——」

硬い枝葉で刺激された後でもあり、粘膜の柔らかい感触がたまらない。

さらに翔子は舌を尖らせ、鈴割れをつつくようにした。

「おつゆがいっぱい」

悩ましい口調で言いながら、舌を少し離して先走りの糸を引いてみせる。

しゃがんだ叔母の胸元が開き、たわわな乳房が覗いていた。

「ハアッ、ハアッ」

もはや真悟は悦楽の虜だ。先ほどまでの粛然とした気持ちは消え去り、リビドーの欲するままに肉悦を求めていた。

「ああん、真悟ちゃんの匂い——」

それは翔子も同じらしかった。勃起した肉棒を見つめ、五感で牡《おす》を堪能しているようだった。

「もう我慢できないわ。食べちゃう」

彼女は言うと、かぽっと太茎を咥え込んだ。

思わず真悟は呻き声を上げる。

「うぐっ……」

「んふうっ、おいひ――」

やがてストロークが始まった。翔子は肉棒の根元を手で支え、首を前後させては、じゅっぽじゅっぽとしゃぶりたてた。

「ハアッ、ハアッ、ううっ」

「んんっ、じゅるっ、じゅるるっ」

口舌奉仕の淫靡な音が、浴室に響きわたる。

翔子は上目遣いに反応を確かめながら、甥の肉棒を味わった。

「じゅぷ……やっぱり忘れられなかったわ」

「ううっ、翔子叔母さん、僕――」

「一度きりじゃ物足りなかったの」

初めて交わった夜以来、彼女はずっと彼を欲していたという。

それは真悟にとっても忘れがたい夜だった。彼にとって翔子は初めての人だった。

「ふうっ、ふうっ。ううっ、ヤバイもう――」

愉悦は瞬く間に高まっていく。

翔子のストロークも激しくなっていった。

「むふうっ、じゅるっ、じゅるるるっ」

「ハアッ、ハアッ。ダメだ……で、出ちゃう」

「いいよ。このまま出して」

「うはあっ、出るっ」

許しを得た途端、肉棒は口中に白濁を放っていた。突き抜けるような快感と、解放された悦びが真悟の全身を包む。

「んぐ……ゴクン」

受け手の翔子は身構えており、出されたものを全部飲み干してしまう。

そして徐々にストロークを緩《ゆる》め、やがて肉棒を口から出した。

「うふ。飲んじゃった」

「ハアッ、ハアッ、ハアッ。翔子叔母さん……」

「これでもう大丈夫よ。後《あと》は頑張ってね」

結局、翔子はそれ以上の行為に及ぼうとはしなかった。たまらずフェラチオしてしまったものの、あくまで清めの儀式であるという一線は守ったようだった。

翌日の夕暮れどき。真悟は早めの夕飯を終え、一人離れの部屋で待っていた。夕餉《ゆうげ》の席では交わす言葉も少なく、皆代ばかりか翔子も心なしか緊張しているようだった。

「一体、どんな人なんだろう」

真悟はベッドにパンツ一枚で横たわり、ボンヤリと天井を見上げる。突然の翔子の訪問に始まり、山形に来てからめくるめく時を過ごした。

「ハアァァァ……」

東京の瑞季を思い、ため息をつく。都会的なキャリアウーマンの彼女には、こんな田舎の因習など思いも寄らないことだろう。

早智子という見ず知らずの人妻との一夜限りの営みもしかり、その上、叔母二人とも肉を交えてしまったのだ。この後東京に戻っても、どんな顔をして瑞季に会えばいいのだろう。

だが一方、彼が男として自信を持てたのも事実だった。もはや童貞ではなく、少なくともセックスにおいては、年上の女でも引け目を感じることはない。その点では、叔母たちに感謝しなければならなかった。

そうして真悟が思いを巡らせていると、部屋のドアをノックする音がした。

「はい、どうぞ」

「真悟ちゃん、入るよ」

先に入ってきたのは翔子だった。後ろに控えた女性は、頭に手ぬぐいを被せられているため、顔は隠されて見えない。

「結衣さん、こっち」

「はい」

翔子が手を引き、彼女をベッドの前に座らせる。

「じゃ、後はよろしくね」

それだけ言うと、叔母は退室してしまった。

部屋に二人きりになった。真悟は一連の儀式めいたやりとりにとまどっていた。

「えっと、あの……」

ベッドに腰掛け呼びかけると、結衣は自らベールを脱いだ。

「おばんです。結衣と申します」

「あ、真悟です。お願いします」

三つ指をついて挨拶され、真悟も慌てて頭を下げる。

想像と違い、結衣は日本的な顔立ちの愛らしい女性だった。

「あのう……初めまして」

真悟が口の中でモゴモゴ言うと、結衣は微笑んだ。

「実は初めましてでねぇのよ」

「え？」

「真悟さんは小さかったから覚えてないだろうけど、皆、ちゃんとはお友達だったから、何度か見かけたことさあるんだず」

皆ちゃんというのは、皆代のことだ。考えてみれば、狭い田舎では当然と言えば当然だが、ずっと住んでいたわけではない真悟からすれば意外だった。

「へえ。そうなんですか」

「んだよ」

しかし、このやりとりで硬かった空気が少し和んだ。

結衣の口調も親しみが滲んでくる。

「そっちさ行っていい？」

「え……ああ、もちろん。どうぞ」

真悟が答えると、結衣はとなりに腰掛けた。

「なんだか気恥ずかしいべや」

「ですね」

ようやく真悟も少し落ち着いて彼女を見られるようになっていた。

柔和な顔立ちの結衣は、笑うと三十歳という年齢よりも若く見える。鶯《うぐいす》色の薄手ニットがよく似合い、ベージュのロングスカートも爽やかだった。

「わたしのことさ、翔子さんから聞いてるべ？」

「ええ。まあ」

五年前に結婚した結衣は、なかなか子宝に恵まれず悩んでいたという。夫が種なしだったのだ。そこへたまたま翔子が帰郷し、真悟の相手を探しているというので、一も二もなく話に飛びついたらしい。

「――ま、そだな訳でこちらにお邪魔したんだども、真悟さんはいいの？」

「いいって言うか、僕はまあ……。それより結衣さんの方こそ、その――」

「旦那のこと？」

「はい」

すると結衣は少し黙ったが、すぐに笑顔を取り戻した。

「旦那もここの人間だもの。なんも問題ねべや。それよりうちの両親が孫を欲しがってるだから、真悟さんはなんも気にしなくていいよ」

「そう……ですか」

真悟は納得したような顔をしたものの、本心ではまだどこか受け入れられないでいる。

結衣もそれに気付いたのだろうか、ふと彼の膝に手を置いた。

「真悟さんはきっと誠実な人なんだべな」

「いえ、僕は――」

真悟が怯むと、人妻はさらに身を乗り出してきた。

「ううん、分かるだず。普通の男なら、わざわざ訳なんか聞かねぇもの」

「そうかな……」

「んだ。女がいたら穴さ挿《い》れることばっかり」

結衣の吐く生暖かい息が、真悟の鼻をくすぐった。

「つく……僕だってそこは」

「緊張してるの？」

結衣は耳元で囁くと、いきなりパンツの中に手を突っ込んできた。

女の手が陰嚢をまさぐる。

「はうう っ、ゆ、結衣さん……!?」

「睾丸マッサージ。こだなして緊張をほぐしてるの」

人妻はやや上気しながら、青年の悶え顔を間近に見つめ、愛撫した。

「ハアッ、ハアッ。うう……」

かたや真悟は為《な》す術もなく、愉悦に身を委ねていた。陰嚢を指先で撫でられ、揉みしだかれるうち、肉棒もムクムクと膨らんでいく。

「どう、ほぐれてきた？」

「ええ……はい。ううっ」

「これね、うちの旦那にもよくやってあげているの。準備体操みたいなものね」

彼女によると、性交前に睾丸をよく揉みほぐすことで、生殖機能がより活発になるらしい。

だが、もとより元気な真悟にとっては、劣情のスイッチを入れる行為でしかない。

「ハアッ、ハアッ、ううっ……」

見る間に陰茎は硬くなってくる。気付いたときにはパンツを押し上げ、張り詰めた亀頭が顔を出していた。

「たまげた。もうこだな大きくなって」

めざとく見つけた結衣が感嘆の声をあげる。

これで火がついたのか、彼女はさらに積極的になった。

「真悟さんのオチ×チンさ、見せてけろ」

そう言うと、前に回り、彼の下着を脱がせてしまう。

現れた肉棒は反り返っていた。

「これはまた——はぁ、立派なオチ×チン」

股間にしゃがんだ結衣は、顔をそば寄せてまじまじと見つめる。

晒された真悟は顔を赤くした。

「そんなにジロジロ見ないでよ。恥ずかしいから」

「ごめんね。だども、旦那以外のモノさ見るの、初めてなんだ」

「え……そうなの？」

人妻の意外な告白に真悟は驚く。

その隙にも、結衣は太竿に鼻面を押しつけるようにして匂いを嗅いでいた。

「んー、男臭くて美味しそう」

「ゆ、結衣さん……」

「先っぽが赤くて可愛いべや——ちゅっ」

夫以外のモノが初めてというのは本当なのだろう。結衣は興味津々で肉棒を観察し、「ちょっと味見」といった感じで亀頭にキスした。

「はううっ」

思わず真悟は身悶える。三十路妻《みそじづま》の妖艶《ようえん》さと、夫以外を知らない女の愛らしさのギャップがたまらない。

結衣の肉棒観察は続く。

「裏っかわはこだな風になってるだか」

彼女は肉竿をつまみ、感心したように言うと、舌を伸ばしてペロリと舐めた。

「あーん、旦那じゃない男のモノさ舐めちゃった」

「あふうっ、結衣さんっ」

真悟が悶えるのに気をよくし、結衣はますます淫乱な本性を露わにする。

「真悟さんの顔、エロい。これさ、気持ちいいの？」

上目遣いに反応を確かめながら、顔を横に倒し、肉棒を唇で挟んで根元からねっとりとねぶった。

「結衣さん、僕……」

真悟はたまらず両手を伸ばし、ニットの上から乳房を揉みしだいた。

股間の結衣も息を漏らす。

「あふうっ、真悟さんの触り方、エッチ」

「柔らかいオッパイ」

「見たい？」

「うん。それに僕も結衣さんのが舐めたい」

「んだば、舐めっこする？」

「うん」

話はまとまり、結衣は慌てて服を脱ぎ始める。息を荒らげ、焦っている感じが、人妻の欲望を表わしていた。

真悟も彼女が脱ぐのを手伝う。

「上はいいから、スカートを──」

「いいよ。お尻を少し持ち上げて」

「あんっ」

「脱げた」

二人とも興奮のあまり何度か手間取ったが、やがて男女は全裸になっていた。

「結衣さん、きれいな体をしているんですね」

「やだ。真悟さんから見たら、わたしなんかオバサンだべ」

「とんでもない。どう見ても二十代ですよ」

「真悟さんったら、若いのに上手なんだから」

結衣は恥じらうが、真悟はお世辞を言ったのではなかった。実際、彼女の肉体は美しかった。田舎の空気のせいか、農作業で鍛えられているためか分からないが、女らしい肉付きをしているのにもかかわらず、引き締まったボディラインが年齢より若く見えるのだ。

「真悟さんのここも十代なみね」

一方、人妻の関心は肉棒に向けられていた。

おのずと真悟が仰向けになり、結衣が反対向きで顔に跨がる。

「結衣さんのオマ×コが丸見えだ」

彼は首をもたげ、割れ目の匂いを嗅いだ。

「いやらしい奥さんの匂い」

「あんっ、真悟さんの息を感じる」

結衣は言うと、おもむろにペニスを咥えた。

「じゅるっ……んふうっ、美味し」

「はうっ、結衣さん……」

肉棒が粘膜に包まれ、真悟は快楽に呻く。目の前には濡れ光る媚肉があった。

「ハアッ、ハアッ」

両手で大陰唇を寛げ、粘膜を露わにする。花弁は捩れ、夜露《よつゆ》を滴らせていた。

真悟はたまらずむしゃぶりつく。

「びじゅるるっ、んぱあっ」

「んふうっ、んっ……じゅぷっ」

すると結衣は悶えるが、咥えた肉棒は離さなかった。

「じゅぷっ、じゅるるっ」

「ハアッ、ハアッ。ああ……レロッ」

真悟は肉棒に走る愉悦に耐えながら、ぬめった沼に舌を這わせる。

「べちょろ……じゅるっ、ずぱっ」

わざと大きな音を立てて、舌ですくった牝汁で喉を潤《うるお》す。

結衣も夢中でペニスをしゃぶっていた。

「味も、匂いも、全然違う。んああ、美味しい」

「結衣さん、激しいよ。そんなに吸ったら」

「だっていぇ、こだなカチカチの——うれしいの」

「ああ、結衣さんだって……ジュースが溢れて」

「ああん、真悟さんの、舐めるの好き」

人妻はその言葉通り、男を味わい尽くそうとしているようだった。肉棒をしゃぶりたてるのはもちろんのこと、ときには陰嚢を口に含み、舌の上で転がしたり、強く吸ったりするのだった。

「じゅぽじゅぽじゅぽじゅぽじゅぽ」

「ハアッ、ハッ、ハッ、ハッ」

リズミカルなストロークが太竿を責め苛む。

だが、真悟も負けてはいない。ぷっくり膨れた肉芽に吸い付き、舌のざらざらした表面で刺激を与える。

「べちょろ、るろっ。ちゅぱっ」

途端に結衣は乱れる。

「んふうっ……むふうっ、んっ」

肉棒を咥えたままなので、くぐもった呻き声になる。

牝臭に包まれ、もはや真悟は何も考えられない。

「むふうっ、ちゅぱっ。ふうっ」

牝芯を吸いながら、人差し指を蜜壺に突き入れ、掻き回す。

水音がくちゅくちゅと鳴った。

「ぐふうっ……あっ、んふうっ」

二点責めに結衣は思わずフェラがおろそかになる。

真悟はさらに指を一本加え、ペニスに見立てて出し入れした。

「レロレロッ、みちゅ……ちゅうぅ」

「んあっ、あんっ。ダメ……んんっ」

ついに結衣が耐えきれず、しゃぶるのを止《や》めてしまった。

反対に真悟の愛撫は力がこもる。

「ふうっ、ふうっ。結衣さんのオマ×コ」

「はうっ、ああっ……わたしダメ、もう——」

「クリがビンビンになってる。気持ちいい？」

「うん、気持ち——イイッ。あっ、ダメえっ」

結衣の喘ぎが激しくなった。もはや肉棒をしゃぶるどころか、必死に押し流されまいと支えに握っていることしかできないようだった。

「んあぁっ、イイッ。もっと、あひいっ」

「どんどんおつゆが……結衣さん、オマ×コがヒクヒクしてる」

「ダメ。もう……イク……イッちゃう」

結衣は息苦しそうに喘ぎ、深く背中を沈める。自分の身体を支えきれなくなったのか、鼻面を恥毛に埋めていた。

さらに真悟は肉芽を舐め、蜜壺を指で抉った。

「じゅぷ、じゅぷ、じゅるるっ」

「あん、あっ、あっ、イクッ――イクうううっ」

「結衣さん……」

「はひいっ、こだなの初めてえええっ！」

ひと際激しく喘ぐと、結衣は身を震わせて絶頂した。

「あんっ、イイッ……」

そして短く息を吐き、そのまま突っ伏すように倒れ込んだ。

真悟は顔中を牝汁でベトベトにしながら、呼吸を整えつつ、人妻の凄まじいイキざまに目を瞠《みは》っていた。

「イッたんですか……？」

「うん」

結衣は答えたが、まだ息苦しそうだった。シーツにぐったりと投げ出された手足が、彼女の絶頂の深さを表わしているようだ。

「よかった」

真悟は満足だった。自分の愛撫で人妻をイカせたのだ。これまで三人と交わった経験が、知らぬ間に彼を成長させてくれたのだった。

だが、これで終わったわけではない。当初の目的は、まだ果たされていなかった。

シーツに突っ伏していた結衣がムクリと起き上がる。

「久しぶりすぎて、一人でイッちゃった」

「すごかったです、結衣さん」

そのとき真悟は壁にもたれかかり、座っていた。

股間の逸物は半勃ちのアイドリング状態。人妻は手を伸ばし、それを握った。

「これさ、挿《い》れてけろ」

「うっ……結衣さん」

「指であんだけ気持ちよかったんだ。オチ×チンさ挿《い》れたらきっと——」

結衣は物欲しそうな目つきで肉棒を眺めつつ、仰向けに寝転ぶ。

「真悟さんの大きいので掻き回して」

そう言って、自ら脚を広げ、濡れた割れ目を見せつけてきた。

人妻の扇情的な誘惑に、真悟も鼻息を荒くする。

「結衣さんっ」

「あんっ、きて」

覆い被さる青年を三十路妻の肉体が受け止める。

硬直がぬぷりと花弁に突き刺さった。

「あふうっ」

「おうっ」

真悟は息を吐き、挿入感を確かめる。媚肉の温もりが太竿を包んでいた。膣壁はぬめぬめとまといつき、入口で根元を締めつけるのだ。

「ふうっ、ふうっ」

これが男を一人しか知らない女の膣か。彼は感動していた。

結衣も目を瞑り、初不倫の味を堪能しているようだった。

「あ……中で動いてる」

生まれて初めて別の男の竿を受け入れ、驚きと喜びととまどいが入り混じっているのだろう。胸を喘がせ、感覚に集中していた。

真悟は人妻の新鮮な反応に興奮を新たにする。

「結衣さんっ」

呼びかけるなり、腰を振り始めた。

突かれた結衣は声をあげる。

「あっひ……」

息を呑み、一瞬腰を浮かせて愉悦に身構える。

真悟は人妻の淫らな肢体を見下ろしながら、また腰を抉った。

「ハアッ、ハアッ」

「あっ、ああっ、あんっ」

やがて抽送にリズムが生まれる。いきり立った肉棒は花弁を掻き分け、牝汁溢れる蜜壺に出たり入ったりした。

「ハアッ、ハアッ、ハアッ、ハアッ」

「あんっ、あふうっ……イイッ」

繰り返すグラインドが人妻を乱れさせていく。結衣は顔を歪め、身悶えながら抽送を受け止めていた。

「んああっ、もっとぉ……」

毎日の畑仕事で張り詰めた太腿が、パクパクと開いたり閉じたりして、やるせない思いに行き場をなくしているようだ。

真悟は腰肉を掴み、尻を持ち上げて突いた。

「ぬおっ……おうっ、結衣さん」

「んはあっ、ああっ……奥に当たる」

「結衣さんのオマ×コ、気持ちいいよ」

「ああっ、わたしも――別のオチ×ポ最高。真悟さんの好きだず」

「結衣さぁん」

思い余ったとばかりに舌を貪り合う。

「レロッ、ちゅばっ」

「みちゅ、レロッ」

互いの唾液を飲みながら、その間も腰は動いていた。

「むふうっ、ふうっ。じゅろっ」

「じゅぽ……んっ、んんっ」

上と下で繋がり、まるで互いを吸い尽くそうとするようだった。

だが、やがて呼吸が苦しくなり、真悟が顔を上げる。

「ぷはあっ……ハアッ、ハアッ」

正常位はやはりいい。腰を振りながら真悟は思う。

下になった結衣も気持ちよさそうだった。

「あっふ……あんっ、あふうっ」

揺さぶられるままとなり、目つきもトロンとしている。

するうち、真悟は徐々に射精感を覚えてきた。

「ハアッ、ハアッ。ううっ、もうすぐ僕――」

「出るの？　んああっ、わたしもすぐに……」

「イッていいんですか？　本当に」

それこそ今回の目的なのだが、やはり真悟には少し躊躇《ちゅうちょ》があった。

だが、結衣は真剣だった。

「出して。真悟さんの濃いのを」

「ハアッ、ハアッ。本当に？」

「ええ。いっぱい気持ちよくなって、わたしを孕《はら》ませて」

人妻のすがるような瞳に欲情し、真悟はラストスパートをかける。

「結衣さぁんっ」

「イイイイッ……」

思わず結衣は仰け反り、嬌声を上げた。揺れる乳房の脇に汗を浮かばせ、悦楽に身も心も委ねている。

真悟は彼女の片脚を抱え上げ、さらに奥に突き入れる。

「ハアッ、ハアッ、ハアッ」

「あんっ、イイッ、あふうっ、んんっ」

「ああ、くる……オマ×コが」

熱いマグマの塊が陰嚢の裏から押し上げてくる。

結衣が太腿を締めつけてきた。

「あっひ……きてぇ。赤ちゃんの種、ブチまけて」

「ハアッ、ハアッ。結衣さん、結衣さんっ」

「抱いて。ああっ、飛んでいっちゃいそう」

結衣は言うなり、真悟の身体を抱き寄せてきた。

「おふうっ」

抱き寄せられ、身体の自由を失った真悟は、なおも腰だけで抽送を続けた。

「ハアッ、ハアッ、ぬお……」

「んんっ、あっ、すごい……」

すると、結衣も昇り詰めつつあるのか、身体をガクガクと震わせ始めた。

「んああ、ダメ……わたしもう」

「結衣さんも……なの？　僕もマジで」

「ああっ、一緒にイクべや」

結衣が愛おしそうに真悟の顔を両手で挟む。

「結衣さん……」

真悟も心から彼女を欲していた。改めて両脇に太腿を抱え、あらん限りの気持ちを込めて肉棒を繰り出した。

「うあああぁぁぁ」

「んあああぁぁぁ」

小刻みな抽送が蜜壺をグチャグチャに掻き回す。

結衣の呼吸が途切れ途切れになった。

「あっ、んああっ……イイッ」

「ハアッ、ハアッ。っくう」

真悟の全身が愉悦に包まれていく。この女に射精し、着床させるのだ。決まったゴールを見据えながらも、心のどこかでためらいがある。

かたや結衣は終着点しか見ていない。

「出して、一滴《てき》残らず……んああっ」

媚肉は太竿をたぐり寄せるようにして、ぬめりで摑んで離さない。

「欲しいの。ねえ」

牝の欲求も隠さず、淫らに男を挑発した。

もはや真悟も限界だった。肉棒に走る悦楽はもちろん、射精を求める人妻の貪欲さをこれ以上拒むことはできなかった。

「うはあっ、出るうっ！」

白濁汁が溢れ出す。勢いよく飛び出し、子宮へと叩きつけられた。

「あっひ……たくさん——イクッ」

すると、結衣は中出しされたのを確かめてから、自らも昇天した。

「んああっ、イイイイーッ！」

「おうっ」

蜜壺の収縮は二度起こった。肉棒は一度目の収縮で爆発し、二度目には残り汁も吐いた。

子種を受け取った結衣は満足そうに腰を震わせ、縋《すが》りついてくる。

「ああ……またイッちゃった」

「ハアッ、ハアッ」

射精した真悟はしばらく動けなかった。愉悦の凄まじさに加え、自分のしでかしたことの重大さを今さらながらに感じているのだった。

かたや結衣は心からうれしそうだった。

「真悟さん、おしょうしな」

ぐったりと身体を投げ出し、まだ絶頂の余韻を表情に浮かべて、受精のお礼を言うのだった。

目的を果たし、その後しばらく二人はうたた寝をした。真悟もすべきことをして安心したのもある。緊張から解放され、ホッとひと息ついていた。

だが、結衣はそうではなかった。

「真悟さん、起きてる？」

「……う、うん」

返事しながら真悟は身じろぎする。彼女がうな垂れたペニスを握ってきたのだ。たとえ寝ていたとしても、こんなことをされれば目が醒めてしまうだろう。

人妻は鈍重な肉塊を楽しそうに弄《もてあそ》んだ。

「わあ、もう硬くなってきたべや」

「うっ……結衣さん」

「ね、一つ聞きたいんだども」

「何ですか」

「真悟さんって、皆ちゃんのことが好きなんだべ」

「えっ……」

唐突な質問に真悟は返す言葉を失う。同時に皆代の裸身が脳裏に浮かび、瞬く間に赤面してしまう。

すると、結衣は我が意を得たりとほくそ笑む。

「ほら、やっぱり――と言うより、皆ちゃんが真悟さんのことば好きなんだべか。この家に来たとき、彼女の表情さ見てピンときたんだ」

結衣の証言を聞き、真悟は内心うれしかった。皆代が嫉妬してくれていたのだろうか。だが、対外的にはあくまで叔母と甥の関係である。「誤解」は解いておく必要があった。

「皆代姉ちゃんは心配してくれているだけですよ。小さい頃から知っているせいか、よっぽど僕が頼りなく見えるみたいで」

「ふうん。んだかもすんね」

ところが、結衣は彼の弁解に無関心なようだった。相変わらず手の中で陰茎を弄びながら続けた。

「んだども、こればどう説明するべさ」

ペニスはいつしか勃起していた。扱く手つきも本格的になってくる。

真悟は呻いた。

「うっく……だって、そんな風に扱かれたら誰だって」

「ううん、さっき皆ちゃんのこと考えてたべ？」

「ううっ、ふうっ、ふうっ」

「もしかして真悟さん、皆ちゃんともこだなことしたいと思ってる？」

言葉で執拗に責め立てられ、真悟にプレッシャーがかかる。だが、さすがに皆代と肉体関係があることは知らないようだ。

「ふうっ、ふうっ」

一方、肉棒は手扱きの快感で欲望がたぎっている。

「結衣さんっ」

真悟は呼びかけると、人妻に覆い被さった。結衣のお喋《しゃべ》りを肉棒で黙らせるのだ。

しかし、それは人妻の奸計にまんまと乗せられたようだった。

「あんっ」

ベッドに抑え込まれた結衣はうれしそうな声をあげた。

真悟はすでに肩で息をしている。

「結衣さんが悪いんだ。僕、もう我慢できないよ」

「わたしも。ほら——」

彼女は言うと、自ら割れ目を触り、愛液の付いた手を見せてきた。

「こだな濡れてるの。挿《い》れてけろ」

「結衣さんっ」

淫らな仕草に興奮し、真悟はたまらずその手にしゃぶりつく。

「びちゅるっ……美味しい、結衣さんのマン汁」

「ああん、真悟さんのスケベ」

言いながら彼女もうれしそうだった。空いた手で肉棒を逆手《さかて》で握り、スコスコと扱き続けた。

「挿《い》れるよ――」

真悟が股間に割って入り、いよいよ挿入しようとしたときだった。

「待って」

突然、結衣がストップをかけてくる。

散々挑発された後だけに、真悟はとまどった。

「え。どうして――」

「わたしね、男の子さ欲しいんだ」

確かに本来の目的は受精することだ。すでに一度は中出ししたのだが、やはり当事者は忘れていなかった。

だが、独身の真悟には人妻の言いたいことが分からなかった。

「男の子……だと、何が違うの」

「産み分け法っていうのがあるんだず」

結衣いわく、受精時の体位で男女の産み分けが可能と言われているらしい。妊活していた人妻らしい知識に、真悟は素直に感心する。

「そうなんだ、知らなかった。すごい」

「んだば、まずは後ろからきて」

彼女は言うと、ベッドの上に四つん這いになった。

「思い切り、奥を突いてけろ」

「うん……」

プリンと尻を突き出したポーズも愛らしく、真悟は勇んで背後に回る。

腕をつき、俯いた結衣がおねだりする。

「真悟さんの大きいの、ブチ込んでけろ」

人妻の裂け目は濡れそぼり、その上でアヌスが息づいていた。

真悟はゴクリと生唾を飲むと、硬直を突き立てる。

「おうっ……」

「んあっ、きた――」

反り返った肉棒が媚肉深くに突き刺さり、二人の口からため息が漏れる。

膝立ちの真悟は温もりに包まれて感無量だった。

「ああ……あったかい」

「んん、真悟さんのも熱い」

結衣もまた充溢感を噛みしめるように言った。

「きれいなお尻――」

真悟は両手で尻たぼを愛でると、間髪入れずに腰を穿った。

「ほうっ」

「あんっ」

結衣は甲高い声で悦びを表わした。とめどなく溢れる牝汁は花弁からこぼれ、内腿まで伝い落ちていた。

やがて抽送が一定のリズムを刻み始める。

「ハアッ、ハアッ」

「あっ、あんっ」

真悟が腰を穿つたび、叩かれた尻肉がペタンペタンと音を立てる。そこに二人の喘ぎ声が重なり、不可思議なハーモニーを生み出していた。

「ハアッ、ハアッ、ハアッ」

「あんっ、ああっ、んふうっ」

四つん這いの結衣はひたすら衝撃に耐える。太茎に抉られ、沈む背中に浮かぶ腰肉のえくぼが三十路妻の愛嬌を感じさせた。

肉棒は花弁を押し広げ、ずりゅっずりゅっと蜜壺を貫く。

「結衣さんのオマ×コ、気持ちよくて蕩けちゃいそうだよ」

「わたしも……あんっ、チ×ポが中で硬くなっていく」

「結衣さんも、いいですか？」

「イイッ。いいわ、抉って。ああ、上の方が擦れるうっ」

高まる愉悦とともに、結衣の背中の反りも深くなっていく。ついには腕で支えきれず、肘を折って顔を突っ伏してしまった。

「んあぁーっ、気持ちいいのぉっ」

「結衣さんっ、結衣さんっ」

「あっ、ああっ、もっと」

「ハアッ、ハアッ、ハアッ、ハアッ」

ぬめりは十分だった。肉棒は襞々《ひだひだ》に擦られ、締めつけられて、中で盛んに先走り汁を吐いた。竿肌には青筋が浮かび、爆発の時を待っている。

だが、そのときだ。結衣が不意に頭をもたげ、振り向いた。

「屈曲位もいいんだって。試してみたいの」

「く、屈曲位ですか……？」

真悟には耳慣れない体位だった。

彼がとまどっていると、結衣は自ら結合を解いてしまう。

「んっ」

「おうっ」

そして仰向けになり、両膝を立てて脚を広げたのだ。

「こっちから来て」

「う、うん」

真悟が膝を割って入ろうとすると、結衣が引き留めた。

「そうでなくて――わたしの脚さ持ち上げて、折り畳むみたいに。んだ。マングリ返しの要領だべさ」

「こ、こう……かな？」

結衣に言われたとおり、真悟は肩で彼女の膝裏を押し上げるようにして、マングリ返しの形に持っていった。

「これで、上から挿《い》れるんだね」

「んだよ。これも男の子ができやすいんだって」

正直、窮屈な体勢ではある。男側は常に女の脚を支えていなければならず、女側も折り畳まれた姿勢で呼吸が苦しい。

しかし、挿入したときにその苦労は報《むく》われた。

「いくよ。ほうっ……」

「んあっ、きた――」

ぬぷりと突き刺さった肉棒は、一旦元に戻ろうとする脚に跳ね返される。

「うおぉ……」

ところが、もう一度彼が体重をかけてみると、今度は膣の奥深くまで肉棒が届くのが分かった。

その悦楽は結衣にも伝わる。

「はひいっ、奥に――当たるうっ」

吐く息こそ苦しそうだが、眉間に皺を寄せ、ディープな挿入感に酔い痴《し》れているようだ。

慣れない抽送はゆっくりと始まった。

「ハアッ、ハアッ」

「ああっ、んああっ」

「これ、なんか不思議ですね。フワフワ浮いているみたい」

「んっ。んだべか？　わたしは奥で感じる――」

「うああっ、だんだん勢いがついてきた」

折り畳まれた結衣の身体が戻ろうとする抵抗が、ちょうどよいバネになって、少しずつ抽送にリズムができてくる。

真悟が腰を落とすたび、ぴちゃっぴちゃっと水溜まりを叩く音がした。

「ハアッ、ハアッ、ハアッ」

「んっ、イイッ。先っぽが、奥に当たってる」

「分かります。僕も……うう、当たってる」

「いっぱい突いて。わたしで、気持ちよくなってね」

結衣は上気した顔で見上げてくる。その目は潤み、熱っぽかった。

「結衣さんっ」

真悟はたまらず覆い被さり、キスをする。

「レロッ、じゅぽっ、じゅるるっ」

「んふうっ、レロッ、真悟さん……」

応じる結衣も舌を出す。歪んだ顔が悩ましく、人妻の欲求の深さを表わしていた。

唾液の交換は念入りに行われた。

「べちょろっ、じゅるるっ」

「ふぁう……レロッ」

だが、その間も腰は動いたままだった。小さな振幅でも奥深くまで突き刺さるので、快楽が減じるようなことはなかった。

真悟は両腕で体重を支え、懸命に腰を上下させる。

「ハアッ、ハアッ、ハアッ」

下になった結衣は脹《ふく》ら脛《はぎ》を男の肩に乗せ、うれしい苦しみに耐える。

「んふうっ、あっ、あふうっ」

突かれるたび胸から息を吐き、ウットリとした表情を浮かべた。

湿りっぱなしの結合部がぴちゃぴちゃと音を立てる。

「あんっ、ああん、イイッ」

吐き捨てるような喘ぎが、熱い息となって真悟の顔にかかる。

「ハアッ、ハアッ、ああ、結衣さん……」

真悟は女の呼気を貪るように吸った。こんなに愛らしくもいやらしい人妻が、子種と快楽を求めて縋《すが》りついてくるのだ。男として頼られる喜びが、彼女への愛しさとなって胸を一杯にする。

「ハアッ、ハアッ、ハアッ、ハアッ」

「あんっ、ああっ、あうっ、ああっ」

尻を宙に浮かせた結衣は顔を真っ赤にしていた。

「真悟さん、ステキ――」

愉悦の表情を浮かべ、肉棒を受け入れる。彼女は全身でセックスを堪能していた。

妊娠が一番の目的である一方、この機会に人妻は欲求不満を解消しようとしているようだった。

「んああっ」

「ほうっ」

真悟の額に汗が滲む。腕が痺れ、息が上がった。

結衣は下で揺さぶられ、乳房が暴れた。

「イイッ……」

屈曲位は苦しいが、快楽も深い体位だった。抽送の打点が高くなるせいか、振幅も大きく感じられる。

「ハアッ、ハアッ。おおっ……」

真悟は愉悦に呻いた。このままイッてしまいたい。

だが、そうは問屋が卸《おろ》さない。またしても結衣が言い出した。

「んああ……最後に、最後にもう一つだけ」

「もう一つ？」

「一回どいてけろ」

「え……」

一旦離れようと言うのだ。昂揚《こうよう》していた真悟はガッカリするが、ここは人妻のしたいようにさせるしかない。

「分かったよ」

仕方なく上から退き、結合も外れる。

「んっ……」

すると、結衣は小さく声を漏らし、せいせいしたように手足を伸ばした。

「あー、楽チン。ね、今度は真悟さんが座って」

「座ればいいの」

「脚を投げ出して――んだ。ほいでわたしがその上に乗るの」

「うん」

真悟が待ち構えていると、向かい合わせで結衣が跨がってきた。

「よいしょ、と――」

しかし、すぐには挿入せず、彼女は一旦太腿の上にペタンと尻を据えた。

顔が近い。二人はまともに目と目を合わせた。

「真悟さん、今日はありがとう」

「何？　改まって」

「だって、プレッシャーかかったべや？　わたしのこと」

人妻を孕ませる目的で抱くことへの重圧をねぎらっているらしい。

だが、真悟は答えた。

「結衣さんが喜んでくれれば、それでいいよ」

今後のことが全く気にならないわけではない。彼女はこれから彼の子種を宿し、この村で生み育てていくのだ。いくら当事者間だけの秘密であり、戸籍上にも関係は残らないと言っても、帰郷するたび本人は意識せざるを得ないだろう。

いずれにせよ結衣自身が望んでいることなのだ。

「真悟さん――」

愛おしげに彼を見つめながら、彼女は膝を立て、逆手に肉棒をつかんだ。

「結衣さん……」

真悟は期待に胸を膨らませ、彼女の一挙手一投足を見守る。

結衣の腰がゆっくりと沈んでいった。

「ああ……あふうっ、きた」

「……おうっ」

肉棒はぬぷりと蜜壺に突き刺さり、二人は対面座位で繋がった。

「真悟さん」

「結衣さん」

見つめ合ううち、自ずと唇同士が吸い寄せられていく。

「レロッ」

「ちゅぱっ」

濃厚に舌を絡め合い、唾液を交換する。

やがて結衣が尻を蠢かせてきた。

「んっ、んんっ」

「んふうっ、むふうっ」

最初は尻を押しつけるような、微妙な前後の動きだった。

「んんっ……あっ……」

恥毛に肉芽が擦られ、気持ちいいのだろう。結衣はビクンと震えつつ、次第に尻の動きを大きくしていった。

当然、肉棒に加わる快楽も増していく。

「んぐ……ハアッ、ああ……」

「んっ、ふうっ、イイッ」

呼吸が苦しくなり、ついにキスは解けてしまう。その代わりに腰の動きは本格的になっていく。

結衣は膝のクッションを使い、身体を上下に揺さぶり始めた。

「あんっ、ああっ、んふうっ」

「ハアッ、ハアッ、ハアッ」

真悟はそんな彼女の腰肉を捕まえ、支えてあげた。

「んああーっ、ダメえっ」

結合部はぬちゃくちゃと音を立て、盛んに泡を吹いた。結衣の喘ぎ声が高まるのと比例して、快楽も深まっていく。

「ハアッ、ハアッ、ハアッ、ハアッ」

「ああっ、うんっ、イイッ、イイイイーッ」

結衣は弾むように上下した。蕩けた目は宙を見つめ、熱い息を吐く口はもの問いたげに開いている。

目前に乳房が揺れているところへ、真悟はたまらずむしゃぶりつく。

「はむっ――びちゅるっ、ちゅばっ」

「あっひ……ああっ、真悟さぁん」

乳首をきつく吸われ、身悶える結衣。背中を丸めた男の頭を胸に抱え、快楽に耐えるように首を左右するのだった。

「ちゅばっ、んばっ」

かたや真悟は夢中で乳を吸う。女の肌から乳液と汗の混じった匂いがした。口の中で乳首はピンと勃ち、舌で転がすと弾き返してくる。

「あんっ、あんっ、あんっ、あんっ、イイッ、イイッ、イイッ、イイッ」

結衣は一回弾むごとに息を吐き、悩ましい声をあげた。

体位を変えつつ交わり続け、やがて二人にも限界が近づきつつあった。

「んああっ、ダメッ。もう――」

先に弱音を吐いたのは結衣の方だった。

「イキそうなの？」

「んだ。もう――あひいっ、我慢できない」

結衣が懇願するような声をあげた。

「よし、分かった――」

真悟は一つ頷くと、人妻の腰肉を支え、下から突き上げるようにした。

「うらあっ、うおおっ」

「んああっ、イイーッ」

「ハアッ、ハアッ、ハアッ、ハアッ」

彼自身も射精の気配を感じとっていた。そこで刺激を高めるべく、腰と腕を使って結衣自身を揺さぶり始めたのだ。

効果はてきめんだった。

「あっひ……ダメえっ、イクッ。イッちゃううっ」

結衣が乱れ、上で激しく暴れ出した。

そのせいで蜜壷が捻れ、肉棒を愉悦で揺さぶる。

「うはあっ……っく。で、出る……」

「あっ、あっ、ダメ、イク――」

「イクよ、イクよ、出しちゃうよ」

「イッて。わたしもう……イクううーっ！」

結衣がひたすら喘ぐと、媚肉が締めつけてきた。

たまらず真悟も射精する。

「ううっ、出るうっ！」

「んあああ……」

たっぷり注ぎ込まれた結衣は幸福そうだった。上気した身体がゆっくりと振幅を収めていく。

「あふうっ」

そして最後にひと息つくと、ガクンと脱力したのだった。

「結衣さん……」

事後、真悟が呼びかけると、結衣はぐったりしつつも微笑んだ。

「おかげで男の子が授かるべ。わたしには分かるんだ」

人妻の顔は確信に輝いていた。だらしなく裸身を晒し、股間を白濁で濡らしながらも、その姿はすでに母親になった日を夢見ているようだった。

翌日、真悟は東京へ帰ることになった。一人前の男になったと認められたのだ。朝食の席で翔子は言った。

「よく頑張ったわね。ご先祖様にも安心して報告できるわ」

「そうかな。自分じゃピンとこないけど」

彼が答えると、皆代も口を挟んでくる。

「何言ってるだか。真ちゃんはもう立派な大人だず」

「んだよ。自信持って」

珍しく翔子も方言を使ってねぎらってくれる。

真悟は感無量だった。始まりこそ唐突だったが、一連の経験が彼を成長させてくれたことは間違いない。

「翔子叔母さん、皆代姉ちゃん、二人ともありがとう」

自ずと彼は叔母二人に頭を下げていた。

「まあ、真ちゃんったら──」

甥の立派な態度に皆代が思わず涙ぐむ。別れの寂しさもあるのだろう。

その湿っぽい空気を晴らせたのは、やはり翔子だった。

「くれぐれも言っておくけど、お母さんには内緒よ」

「もちろん。分かってるよ」

「風邪引かないように気をつけてけろ。元気でね」

「うん、叔母さんたちも」

「東京に戻ったら、好きな人にアタックするのよ。いいわね、真悟ちゃん」

「真ちゃんなら大丈夫だべ」

最後は口々に片想いの恋を応援され、真悟は後ろ髪を引かれつつも山形を後にするのだった。

第五章　年上上司に愛欲を叫ぶ

山形から戻った真悟は翌日からバイトに復帰した。

「突然休んじゃって、すみませんでした」

「ご実家の事情なら仕方ないわ」

「ええ……」

上司の瑞季には祖父の入院と畑のことだけを伝えていた。もちろん例の慣習のことは話しておらず、真悟としては少々心苦しいが、嘘はついていない。

「ともかく今日からまたよろしくね」

「はいっ」

久しぶりに会った瑞季は相変わらず美しかった。いろいろあった後だけに、真悟は余計に意識してしまう。

イベント会社の仕事自体も楽しかった。同年代の仲間がいるのもあるが、一つのものを作り上げる喜びが以前にも増して感じられるのだ。

だが、彼には叔母たちとの約束があった。

「東京に戻ったら、好きな人にアタックするのよ」

山形で最後の日、翔子はそう言って甥を叱咤激励してくれた。

（僕、頑張るよ。翔子叔母さん、皆代姉ちゃん）

彼は何度も心の中で繰り返し、自分を励ました。

そして、ついに瑞季と社内で二人きりになるチャンスがあった。

「瑞季さん、あのう……」

「ん。何？」

瑞季はいつも通りの笑顔だった。美しくも愛らしい。思わず真悟は顔を紅潮させ、言葉に詰まりかけるが、思い切って考えていた台詞を口にした。

「仕事が終わったら、僕と飲みに行ってもらえませんか」

とうとう言った。勇気を出して言ったはいいが、今にも心臓が喉から飛び出してきそうだ。断られれば、そこで諦めるつもりだった。

だが、瑞季はあっさり答えたのだ。

「ええ、いいわ。わたしも真悟くんと話したいことがあったから」

「本当ですか？　やった」

快い返事に真悟は手放しで喜んだ。思い切って言った甲斐《かい》があった。こうして彼は憧れの女性を飲みに誘うことに成功したのだった。

アフターファイブの居酒屋は賑わっていた。真悟は瑞季とビールジョッキ片手に乾杯する。

「お疲れさまでした」

「お疲れさま。さあ、食べましょう」

「いただきます」

真悟は高揚していた。憧れの瑞季と差し向かいでいることがいまだ信じられず、夢の中にいるようだった。

一方、瑞季はどこか考え込んでいるようだった。一応つまみにも手をつけるが、酒を飲むピッチの方が断然早い。

「ねえ、真悟くんは卒業したらどうするつもりなの」

不意に将来の展望を訊ねられ、真悟はまごつく。

「え。いやあ、正直言うとまだ全然決めてなくて」

「えー、だって来年卒業じゃない」

「ええ。周りの友人は、そろそろ就職の志望先を絞っているみたいです」

「学校にもいろいろ話は来ているんでしょう？」

「まあ……。ですけど――」

ここしばらくは色に溺れていたせいで、急に現実の世界に突き落とされたような気がする。

彼がしばらく黙っていると、瑞季が言った。

「よかったら、家で飲み直さない？」

「え？……ええ」

家とはもちろん彼女の自宅のことだろう。あまりに急な展開に真悟はとまどいすら感じる。

瑞季は少し酔っているようだった。

「よし、じゃあ決まり。出ようか」

「はい」

こうして二人はまもなく居酒屋を後にしたのだった。

瑞季の自宅は駅前の高層マンションだった。

「へえ、駅から繋がってるなんて便利ですね」

「でしょう？　雨の日だって濡れないで電車に乗れるのよ」

オートロックのエントランスを通り、エレベーターで十階に上がる。

「今開けるから、ちょっと待ってね」

玄関前で瑞季はハンドバッグからカードキーを取り出した。

（きれいだな——）

真悟はその後ろ姿をウットリ眺めている。緩くウェーブされた長い髪はたおやかで、ジャケットを着た肩は華奢《きやしや》だが強い意志が感じられる。ウエストは引き締まって細く、タイトスカートに浮かぶ尻は丸く愛嬌があった。

「どうぞ。散らかっているけど」

「お邪魔します……」

招き入れられ、真悟は恐る恐る靴を脱ぐ。女性の部屋に入るのは初めてだ。山形での経験がなかったら、ビビッて逃げ出していたかもしれない。

瑞季は先に立ち、リビングの明かりを点けた。

「どう？　酷いモンでしょ」

部屋の乱雑さを指し、彼女は自嘲した。

八畳ほどの洋室にはソファーやテレビなど、ひと通りの家具は揃い、その一つ一つにセンスが感じられる。さすがは敏腕イベントプロデューサーだ。しかし、言われてみると確かにいくらか物が散らかっていた。

「いえ、それほどでも」

真悟は正直なところを言ったつもりだった。実際、男の独り暮らしに比べれば、散らかっていると言ってもたかがしれている。

だが、瑞季は他に思うところがあるようだった。

「ううん、本当ならもう少し片付けておきたいの。今日だって真悟くんが来ると分かっていたら、この辺とかもっときれいにしていたわ」

「そう……なんですか」

「でもね、女の独り暮らしってこんなモンよ」

「はあ」

真悟はなんと答えていいかわからず、曖昧に口ごもる。

すると、瑞季が気持ちを入れ替えるように言った。

「――さて、まだ飲むでしょ？　いいワインがあるの、少し待ってて」

「僕も手伝います」

「いいから。お客さんは座ってて」

やがて彼女はキッチンからワインのボトルとグラスを持ってきて、ガラスのローテーブルに置いた。

「どうしたの。座っててよ」

「あ、はい。でも――」

座るところと言っても、目に付くのは二人掛けのソファーしかない。独り暮らしなら仕方がないが、並んで腰掛けるのは少々気恥ずかしい。

しかし、そこは年上の瑞季がリードしてくれた。

「いいから座って。ワインを飲みましょう」

「はい」

ようやく真悟が座ると、瑞季はすぐとなりに腰を下ろした。もとより狭いソファーだが、ほとんど身体が触れそうなほどだった。

「じゃあ、改めて乾杯」

「いただきます」

瑞季に倣《なら》って真悟もグラスに口を付けるが、味などほとんどしない。ワイン自体を知らないせいもあるが、それより彼女と二人きりでいるため緊張しているのだ。

だが、このままでは進展のしようがない。

(何か喋らないと――)

気ばかり焦るが、話題が出てこない。四人の女と交わり、男として少しは自信が付いたつもりだったが、デートの場となるとウブな真悟のままだった。

すると、やはりここでも瑞季が口火を切った。

「仕事は楽しい？」

「ええ、楽しいです。みんなで力を合わせて、一つのものを作る感じがうれしくて」

「そう。よかった」

「瑞季さんは？　楽しくないんですか」

「そうねえ。楽しいことは楽しいわ。ただ――」

「ただ――なんです？」

「学校を出て、就職してからは仕事一筋だった。もちろん恋もしたけど、辛い別れもたくさん経験したわ。それも、ほとんどはわたしが仕事を優先したせいで」

瑞季は吐き出すように言うと、グラスに残ったワインをひと息に飲んだ。

真悟はその寂しげな横顔を見つめる。

「そう言えば、瑞季さんも何か話すことがあるって……。まさか会社を辞めるつもりじゃないですよね？」

真悟は自分の思いつきに戦慄《せんりつ》する。瑞季が遠くに行ってしまうと考えるだけで、胸が締めつけられるようだった。

しかし、彼女は彼の言葉を一笑に付した。

「まさか。仕事はやりがいがあるわ。辞めるなんて思ってない」

「よかった。僕、てっきり――」

「それより真悟くんこそどうなの。今日はどうして誘ってくれたの？」

雰囲気のある間接照明の中で、微笑みかける瑞季は妖艶だった。

真悟はゴクリと生唾を飲み、思いの丈を吐き出した。

「瑞季さんに初めて会ったときから、ずっと好きでした。だけど、僕は全然年下だし、学生だし、とても告白なんかできるわけないって――」

「なら、どうして今は言えるの？」

意外な反応に出くわし、真悟は言葉を失う。承諾か拒否しか頭になかっただけに、質問で返されるとは思いも寄らなかったのだ。

「え……ええと、それはその――」

山形でのことなど言えるわけがない。四人もの人妻たちと肉を交えたから自信が付いたなどと、愛する女性に打ち明けられるわけがなかった。

瑞季の潤んだ目が見つめている。

「わたしのことが好き、って本当？」

「も、もちろん。本気です」

「そっか——」

彼女は言うと身体を寄せ、彼の肩に頭をちょこんと乗せた。

シャンプーの甘い匂いが鼻をくすぐる。

真悟の鼓動は高鳴る。耳元で太鼓を乱打されているようだ。

やがて瑞季は彼の手を取り、指の形を確かめるように両手で弄び始める。

「瑞季さん……？」

「わたしね、今すごく葛藤しているのよ」

「え……」

「年上の女が、こんな風に男の子を家に連れ込んだりして」

「そんな。すごくうれしいです、僕——」

「けど、真悟くんはわたしのことを好きって言ってくれた」

「はい」

「わたしも自分に素直になっていいのかな」

「も、もちろん。言ってください」

「――キスして」

顔を上げた瑞季はまぶたを閉じ、唇をすぼめてキス待ち顔をする。

一瞬、真悟は夢を見ているのだと思った。ずっと憧れていた彼女が、自分からキスを迫ってくるなど、にわかには信じがたい。

だが、彼もこの点については経験を積んできた。

翔子、皆代の両叔母をはじめ、人妻たちとの肉交の記憶が、奥手だった彼を一人前の男にしてくれたのだ。

真悟はついに唇を重ねた。

「瑞季さん――」

「ん……」

唇が触れた途端、瑞季は彼の首をかき抱き、強く押しつけてくる。

「みちゅ……むふうっ」

真悟は女の甘い息を貪りながら、夢中で愛しい人を抱き寄せた。

「んっ。真悟くん」

やがて瑞季の舌が歯の間から這い込んでくる。

真悟はそれを自分の舌で巻き取るようにして絡め合う。

「ふうっ、ちゅぼっ。レロッ」

「んふぁ……レロッ、ちゅるっ」

ワインの芳香がするキスだった。真悟は頭がカアッとして何も考えられない。彼女に覆い被さられているのに、身体がふわふわして宙に浮かんでいるようだ。

ところが、甘い一時は不意に打ち破られた。

「ベッドに行こう」

瑞季は言うと、ソファーから立ち上がり、彼の手を取って促した。

もちろん真悟に否やはない。

彼女が連れて行ったのは、リビングのとなりにある寝室だった。

「真悟くんは寝ていて。服、脱いじゃうから」

「は、はい……」

どういうつもりか、どうやら彼女は本気で抱かれようとしているらしい。もとより告白するつもりだった真悟も、この急展開は想像の外だった。

寝室は薄暗く、リビングから差し込む間接照明のみだった。

真悟は逸《はや》る気持ちを抑えつつ、素直にベッドへ横たわる。

足下では瑞季が服を脱いでいた。ブラウスのボタンを外し、タイトスカートを下ろしていく。真悟は自分も慌てて服を脱ぎながら、その一挙手一投足をしっかり目に焼き付けようとした。

「あんまり見ないで。恥ずかしいわ」

瑞季は彼の視線をかわすように半身になってみせる。だが、すでに身に着《つ》けているのは下着だけだった。

「すごく、きれいです」

早々にパンツ一枚になった真悟は答える。

単純な賞賛に彼女も悪い気はしていないようだ。

「——もう、大人をからかうものじゃないわ」

そして、瑞季はついにブラジャーを脱ぎ捨てるが、小さなパンティーだけは穿いたままだった。

薄暗い照明に浮かび上がる裸身の彼女が神々しい。

「ああ、瑞季さん……」

「うふ。お待たせ」

瑞季がベッドに上がり、彼の傍《かたわ》らに横たわる。

たまらず真悟が身を起こそうとするが、彼女に押しとどめられた。

「ダメ。ねえ、最初はわたしにさせてくれる？」

「え……はい。それはもちろん」

「きれいな肌しているのね。やっぱり若いっていいわ」

彼女は言うと、細い指先で彼の乳首を弄ぶ。

「はううっ、瑞季さん」

「可愛い。もう勃ってきた」

瑞季は一旦上目遣いに彼を見やり、おもむろに乳首に吸いついてきた。

「ちゅばっ」

「うはあっ」

真悟の全身を戦慄が貫く。くすぐったさと同時に、得も言われぬ快感が体の奥底から湧き上がってくる。

「んふうっ」

瑞季は口に含んだ乳首を舌で転がした。

「ううっ、みっ、瑞季さんっ」

「んふうっ、ふうっ」

瑞季も興奮しているらしく、肩で息をしていた。両手で彼の身体をまさぐりつつ、徐々に顔の位置を下げていった。

「ああ……」

思わず真悟は天を仰ぐ。彼女の頭は股間に辿り着いていた。

とっくに肉棒は硬直しており、パンツにくっきり形を浮かべている。

瑞季は手でその形をなぞりながら、股間に鼻面を押しつけてきた。

「すうーっ。んん、エッチな男の匂い」

「ハアッ、ハアッ」

淫臭を嗅がれる羞恥と劣情が真悟を責め苛む。

やがて顔を上げた瑞季がパンツに手をかける。

「実は、わたしもずっと真悟くんのことが気になっていたの」

「……本当ですか？」

「あなたが初めてバイトで入ってきたとき、ひと目で『可愛い男の子がきた』って思ったのよ」

一瞬、真悟は自分の耳を疑った。

「そ、それってつまり――」

「うん。でもね、やっぱり七つも年上の女が、自分から言い出せないじゃない」

瑞季は秘めていた思いを打ち明けつつ、彼の下着を足首から引き抜いた。

肉棒はいきり立ち、怒髪天を衝いていた。

「真悟くんの、大きいんだ」

彼女は股間に割って入り、怒張に顔を近づける。

「ああ、瑞季さん……」

「舐めていい？」

瑞季は言うと、返事も聞かずに裏筋を舐めあげた。

「あううっ」

痺れるような悦楽が真悟を襲う。憧れの人が、自分の最も不浄な部分を舐めたのだ。

これまで経験したフェラチオとは別物に感じられた。

「硬い――」

瑞季は太茎を指でつまみ、今度は鈴割れを舌先でつついた。

「うはっ、瑞季さん、それ……」

「んんっ、オチ×ポ汁がいっぱい溢れてる」

普段の彼女からは想像できない淫語を口走りつつ、先走りを舐め取る瑞季の姿に、真悟の欲望はいやが上にも高まった。

その悦びは、彼女が肉棒をパクリと咥えたことで、さらに激しさを増す。

「じゅるっ、じゅるるるるっ」

「うはあっ、みっ、瑞季さ……んああっ」

「硬くて、大きい真悟くんのオチ×チン」

「ハアッ、ハアッ。ああ、そんな」

真悟の股間で瑞季が頭を上下させていた。長い髪が腿をくすぐる。うつ伏せた姿勢が描く身体のラインも悩ましく、遠くには尻の双子山が望まれた。

「じゅぷっ、じゅっぷ、じゅっぷ」

やがてストロークが激しくなっていく。

肉棒に走る愉悦も比例して高まっていった。

「ハアッ、ハアッ。ああ、ヤバいです。そんなに激しくされたら」

「気持ちいい？」

「そ、そりゃあ……はううっ。で、出ちゃいますって」

熱いマグマの塊が股間に押し上げてくる。

しかし、瑞季は一向にしゃぶりを止める気配はない。

「じゅるっ、じゅぷぷっ」

「ほ、本当に出ちゃいますから。瑞季さんっ」

「いいよ。このまま出して」

「いや、だって――」

「いいの。わたし、真悟くんのを飲みたい」

信じられない言葉に真悟は衝撃を受ける。おかげで押さえつけていた理性まで粉々に砕かれたようだった。

「うはあっ……ぼ、僕も、瑞季さんの口に出したい」

「出して。いっぱい」

「ぬああっ、ダメだ。出るっ！」

肉棒が大量の白濁液を放った。真悟は爆発的な快感に身体が投げ出されたように感じる。

「むふうっ……んぐ。ごくん」

一方で、瑞季は突然の射精にもまったく怯むことなく、宣言通りに全部飲み干してしまった。

全ての夢が叶ったようだった。真悟は恍惚の表情を浮かべ、余韻に浸る。

「んふうっ。いっぱい出たね」

やがて瑞季は顔を上げて、手首で口の端を拭う。薄明かりに照らされ、微笑みかける妖艶な美女は、夜のお楽しみがまだこれからだと告げていた。


しばらく真悟は呆然としていた。山形へ行く前は、こんな流れになろうとは想像すらしていなかった。

(瑞季さんが、僕を好きと言ってくれた)

信じがたいことだが、実は両思いだったということだ。

その瑞季はすぐそばで裸身を晒している。

「瑞季さん――」

真悟はムクリと起き上がると、彼女に覆い被さった。

「真悟くん」

美しい髪を枕に散らし、見上げる瞳は熱っぽく潤んでいる。しどけなく投げ出された身体は、まるで「どうぞ召し上がれ」とでも言っているようだ。

たまらず真悟は胸の谷間に顔を埋めた。

「好きだっ、瑞季さん」

両手で双乳をつかみ取り、顔を挟むようにした。

「あんっ」

瑞季も敏感に反応する。

愛しい女の匂いを心ゆくまで嗅ぎつつ、真悟は人差し指で乳首を転がした。

「すうっ、はあっ、すううっ、はああっ」

「あっふ……ああん、真悟くんのエッチ」

「だって。ああ、いい匂いだ」

華奢《きゃしゃ》な骨格の割に、瑞季の乳房はたわわに実っていた。それなりに恋愛も経験したであろう二十八歳の肉体は十分に熟《う》れ、しかし熟女に比べればまだ張りやみずみずしさも感じられる。

真悟は顔を上げて乳首に吸いついた。

「はむっ——ちゅうぅ、ちゅばっ」

「ハァン、ダメぇ……」

尖りを口の中で転がされると、瑞季は甘ったるい声を出した。

「今度は、僕が瑞季さんを気持ちよくさせてあげる」

「真悟くんって……ああん」

「ちゅぱっ。柔らかいオッパイ」

「んっ。ああっ、上手。感じちゃう」

瑞季は息を荒らげ、感じるたびに身体をビクンと震わせた。自ずと手が伸び、彼の頭を抱え込む。

「ハアッ、ハアッ、ちゅぷっ」

夢中で口舌奉仕する真悟は、徐々に下へと攻め入っていく。ウエストは細く、お腹は平らだった。

「ああん、んっ」

パンティーは穿いたままだ。彼女は薄いピンク色の下着を身に着けていた。普段の「できる女」という表面的なイメージとは裏腹に、中身はまだどこか少女らしさを残しているようだった。

クロッチの部分に濡れ染みが広がっている。

「ああ、瑞季さぁん――」

たまらず真悟はパンティーの上から鼻を押しつけ、匂いを嗅いだ。

「すうぅーっ、はあぁーっ」

「んふうっ、ダメ……そんなとこ。汚れてるから」

瑞季は羞恥に身を焦がし、逃れようとした。

もちろん真悟は離さない。太腿を抱え込み、無我夢中で淫臭を吸った。

「ああ、すごい。いやらしい匂いがする」

「ああん、エッチな真悟──」

呼吸が苦しく言葉が途切れたか、彼女が初めて呼び捨てにしてきた。

だが、真悟にとってはどちらでもよかった。理由はともあれ、瑞季との関係がグッと近づいたように思われるのだ。

「ハアッ、ハアッ」

次に何をすべきかは、本能が導いてくれた。牝臭に酔った真悟はパンティーを脱がせるのももどかしく、クロッチをずらして媚肉を露わにすると、鼻面を押しつけてクンニリングスをし始めた。

「べちょろっ、じゅぱっ」

牝汁は溢れ、割れ目はビチョビチョだった。

直接秘部を刺激され、瑞季がいななく。

「はひいっ……ああっ、ダメえっ」

「瑞季さんのオマ×コ、美味しいよ」

「あんっ、バカ。真悟くんって、思っていたよりエッチだったのね」

「ダメですか？」

「ううん、じゃなくて――あふうっ。おとなしい子かと思ったら、案外女の扱いを知っているんだと思って」

瑞季の評価は彼に自信を与えた。全ては叔母たちと村の女衆のおかげだ。山形での肉に溺れた数日間は無駄ではなかった。

「ちゅばっ、ちゅぼっ。ふうっ、クリも勃起していますよ」

「ああん、バカあ」

瑞季の呼吸はますます忙《せわ》しなくなり、徐々に尻が浮き上がってくる。

「ちゅばっ、るろっ」

真悟はひたすら生暖かいジュースを啜った。

やがて瑞季も堪えきれなくなってきたようだ。

「んあっ、あっ。イイッ、イクッ、イッちゃううっ」

「ちゅぱっ、レロッ」

「あっ、あっ、もうダメ……。イクッ、イクうううーっ！」

瑞季はひと際大きく喘ぐと、四肢を強ばらせて絶頂した。

「んふうっ、イイッ――」

そして最後に息を吐き、小さく腰をヒクつかせるのだった。

「瑞季さん……」

顔を上げた真悟は牝汁でベチョベチョだった。

絶頂した瑞季はぐったりと横たわったまま、呼吸を整えている。

「ひいっ、ふうっ。イッちゃった」

「これでおあいこですね」

真悟は感無量だった。自分の舌で、愛しい人をイカせたのだ。喜びと自信が全身に溢れ返ってくるようだった。

だが、瑞季は一度絶頂したことで、むしろ火がついたらしい。

「ねえ、まだ大丈夫でしょ」

彼女の視線は真悟の股間に向けられている。逸物は勃起していた。

彼自身、確かめるまでもないことだった。

「ええ、もちろん」

「じゃあ、しよ」

「真悟くんの大きいのをわたしに挿《い》れて」

瑞季も女だった。当たり前のことだが、これまで真悟にとってはあまりに遠い存在だったため、彼女にも欲望があるなどと考えたことがなかったのだ。

「僕も、瑞季さんが欲しい」

ムクリと起き上がり、彼女の上に覆い被さる。濡れたパンティーはすでに脱がされていた。

瑞季の揺れる瞳は真悟だけを見つめていた。

「お願い、瑞季って呼んで」

「うん。好きだよ、瑞季」

「ああ、真悟」

諸手を差し伸べられ、真悟は女体の海に飛び込んでいく。

「瑞季いっ」

「あふうっ」

いきり立つ怒張が花弁に差し込まれる。ぬめった蜜壺は、逸る男の気持ちを柔らかく包み込んでくれるようだった。

「僕の瑞季」

もはや真悟に迷いはない。ついに一線を越えたのだ。喜びが胸に突き上げ、溢れる想いを抽送に託す。

「んああっ、真悟すごい……」

「好きだっ、瑞季ぃ」

突き上げられた瑞季は目を瞠る。

一方、凄まじい悦楽は肉棒にも襲いかかった。

「うはあっ……ハアッ、ハアッ」

「あっ、イイッ、んふうっ」

太茎はまるで誂《あつら》えたように蜜壺に収まっていた。ぬめりが滑りを良くし、抽送を促してくる。

「ハアッ、ハアッ、ハアッ」

真悟は瑞季の喘ぐ顔を見つめながら、夢中で腰を振った。

彼女もまた下から彼を見つめていた。

「あんっ、あっ、あふうっ、イイッ」

「可愛いよ、瑞季」

「真悟も……ああっ、どうしよ。おかしくなっちゃう」

胸を突き上げるように背中を反らし、白い裸身をくねらせる。吐く息は熱く、目はトロンとして愉悦に浸っている。

「瑞季っ、瑞季いっ」

真悟は本能の欲するままに腰を穿つ。積年の思いが抽送を促していた。

深夜の薄暗い寝室でベッドはきしみ、男女の喘ぐ声が響いた。

「ああん、イイッ――」

寝乱れる瑞季の手は宙をさまよい、何かを探しているようだった。

「ハアッ、ハアッ」

「ああっ、んふうっ」

やがてその手は、真悟の腕にと落ち着く場所を得る。手首の上辺りを摑み、必死に押し流されまいとしているようだ。

「ハアッ、ハアッ、ハアッ、ハアッ」

「んっ、ああっ、あふうっ、イイッ」

気付くと、瑞季も下から腰を突き上げていた。切ない表情で彼を見つめ、欲望と恥じらいの狭間で揺らいでいる。

真悟はそんな彼女が愛おしくてたまらない。

「うう、瑞季ぃ……」

肉棒はこれ以上ないほど張り詰めていた。媚肉にみっちりと包まれ、もっともっと際限のない劣情に突き動かされていた。

「ああん、好きよ。真悟」

「僕も……瑞季が、ずっとずっと好きだった」

言葉で愛を確かめ合うと、真悟は彼女の太腿を抱えて持ち上げる。

「あんっ、どうするの――」

とまどう瑞季に対し、彼は行動で答えを示した。そのまま彼女の脚を尻が浮くまで持ち上げて、マングリ返しの体勢にしたのだ。

「もっと奥まで欲しい」

「ああん、恥ずかしい」

はしたない姿勢にさせられた瑞季は耳まで真っ赤になる。

しかし、それは嫌がっているというより、想定以上のプレイに彼女自身、興奮しているようだった。

「いくよ」

「きて」

真悟は腕立て伏せのような体勢で蜜壺に突き入れる。

「うはあっ」

「んあああっ」

上から叩きつけられ、瑞季は呻く。

真悟は欲望に任せて太杭を打ち付けた。

「ハアッ、ハアッ、ハアッ、ハアッ」

「あんっ、あっ……ダメ。んあああっ」

「つく。ううっ、奥まで入る」

「あひいっ、んっ……当たってる。奥に当たってるのぉ」

瑞季もまた苦しげに息を吐きながら、抉られる悦びに身を震わせる。

「ハアッ、ハアッ、瑞季、このままイクよ」

「イッて。わたしも――ああっ、イキそう」

「うあああっ」

昂ぶる思いが真悟の腰使いを激しくさせる。

次第に瑞季もジッとしていられなくなったようだ。

「あっひ……ダメえええっ。イクッ、イッちゃううっ」

激しく喘ぎながら、宙に浮いた脚をバタつかせる。胸の谷間に汗を滴らせ、白い肌を桜色に染めていた。

押しとどめようもない悦楽が、肉棒を貫いた。

「うはあっ、出る……」

「出して。あふうっ、わたしも——んあああっ」

「出るよ。出すよ」

「欲しい……んああっ、真悟。真悟ぉっ」

高まると同時に蜜壷が締めつけてきた。

真悟は全てを解放する。

「うああっ、出るっ」

怒濤のごとく迸るさまが目に見えるようだった。太茎は温かな媚肉に悦びを吐き、白濁で愛を叫んだ。

「んあっ、イイ……」

すると、瑞季も一瞬脱力したかのようだった。彼女は大きく息を吐き、持ち上げられた尻が重力に負けそうになる。

「ぬおおっ」

真悟は必死に支え、射精してもなお抽送を続けた。

「あっ、イイッ、ああっ、イッちゃう」

瑞季の口から苦しそうな息が漏れる。白濁に満たされた蜜壺は、やがて絶頂の悦びに収縮した。

「真悟おっ、イクううーっ！」

イキざまは激しく、彼女は寒さに耐えるように顎をガクガクと震わせた。

その反動が、さらに肉棒から残り汁を搾《しぼ》り取る。

「ううっ」

「んあああ……」

そして徐々に抽送が収まっていくと、瑞季も脱力していった。

真悟は彼女の脚をゆっくりと下ろし、紅潮した恋人の顔を見つめた。

「瑞季？」

「ん。一緒にイケたね」

瑞季は言って微笑んだ。肉欲に乱れ、メイクの崩れた顔も可愛かった。

満たされた二人はやがて結合を解いた。

ベッドに横たわり、満足そうにしている瑞季の割れ目からあふれ出た白濁がシーツに染みを広げていた。

その晩、真悟は瑞季の部屋に泊まることになり、二人は裸で添い寝した。

「そう言えば、瑞季さんが話したかったことって何？」

真悟がふと思い出したように訊ねると、瑞季は睨む真似をした。

「もう、また。瑞季、でしょ」

「ああ、ごめん。瑞季」

「うん。なぁに、真悟？」

「それで、話って」

「大学を卒業したら、ウチの会社に入る気はない？」

「え……」

彼女によると、真悟の熱心な勤務態度が評価され、彼が希望すれば就職できるということだった。

突然の申し出にとまどう真悟だが、答えは決まっていた。

「僕も、仕事が面白くなってきたんだ。ぜひお願いしたいよ」

「そっか。よかった」

「それに瑞季とも一緒にいられるし」

「本当？　うれしい」

こうして真悟は恋人と仕事、両方を一遍《いっぺん》に手にしたのだった。

翌朝、瑞季のマンションから出た真悟は自分のアパートへ帰った。

すると、アパートの前に見覚えのある車が停まっている。

「真悟ちゃん、お帰りなさい」

「真ちゃん、わたしも来ちゃった」

中から現れたのは、翔子と皆代であった。

「どうしたの、二人とも。皆代姉ちゃんまで」

驚く真悟に対し、翔子が口を挟む。

「それより昨日はお楽しみだったみたいね。真悟ちゃんが帰ってこないから、あたしたち車中泊したんだから」

なんと彼女たちは昨晩山形から車で訪れ、彼の帰りを待っていたらしい。

呆気《あっけ》にとられる真悟だが、叔母たちがわざわざ来た理由は分かっている。

「ここじゃ話もできないからさ、部屋に入っててよ」

「そうさせて。あたしなんかずっとトイレを我慢してたんだから」

「もう、翔子姉さんったら」

それから三人は真悟の部屋に上がり、ひと息ついた。

すると、皆代が持参した小さな包みを差し出す。

「これ、真ちゃんへのお祝い。たいした物でねえけど、翔子姉さんと二人で選んだんだず」

中身は腕時計だった。真悟は喜んで早速腕に着けてみる。

「うわあ、ありがとう。翔子叔母さん、皆代姉ちゃん」

「さて、受け取ったからには話してもらうわよ。上手くいったんでしょ」

翔子から冗談交じりに詰め寄られ、彼はウンザリした顔を見せながらも、夢の叶った一部始終を語り出した。

甥の成功を知り、叔母たちは手放しで喜んでくれた。

「よかったわね。これで真悟ちゃんも本当の一人前よ」

「ついでに就職まで決まったんだべや。こだなうれしいことさねぇな」

真悟は満足だった。彼女たちと肉を交えた記憶が消えることはないが、それでも彼にとっては大事な叔母たちなのだ。

「二人とも、ありがとう」

この先も、山形で過ごした数日間を忘れることはないだろう。もちろん瑞季に話すつもりはない。あくまで翔子と皆代、それに体を重ねた村の女衆たちだけとの秘密だ。真悟の未来は無限に広がっていた。

（了）

※本作品はフィクションです。作品内に登場する
団体、人物、地域等は実在のものとは関係ありません。

孕《はら》ませ里《ざと》の叔母《おば》

〈書き下ろし長編官能小説〉

2022年5月2日初版第一刷発行

著者……………………………………………伊吹功二

デザイン………………………………………小林厚二

発行人…………………………………………後藤明信

発行所……………………………………株式会社竹書房

〒102-0075 東京都千代田区三番町8-1

三番町東急ビル6F

email：info@takeshobo.co.jp

竹書房ホームページ　http://www.takeshobo.co.jp

印刷所……………………………中央精版印刷株式会社

■定価はカバーに表示してあります。

■落丁・乱丁があった場合は、furyo@takeshobo.co.jp までメールにてお問い合わせください。

竹書房ラブロマン文庫　近刊目録

※価格はすべて税込です。

好評既刊

長編官能小説
淫らお姐さんの誘い
美野　晶　著

青年の情けなさにほだされた高嶺の花の美女たちへ、分不相応な欲情を注ぐ快楽…！　魅惑の快楽ロマン長編。

770円

長編官能小説
艶めき新生活
北條拓人　著

フリーの雑誌記者になった男は魅力的な人妻を紹介するため、美人妻たちに快楽の取材を…。誘惑ロマン長編。

770円

長編官能小説
ふしだら銭湯
河里一伸　著

密かに想いを寄せる幼馴染とともに地元の銭湯で働く青年は、美女たちに誘惑されて…？　レトロ淫ら湯ロマン。

770円

長編官能小説
ゆうわく未亡人横町
庵乃音人　著

小料理屋の艶めく未亡人と和菓子屋の愛らしい未亡人…空閨の美女二人の間で揺れ動く男を描いた蜜惑エロス！

770円

好評既刊

長編官能小説〈新装版〉
なまめき女上司
八神淳一 著

才媛の女上司は筆おろしから肉接待までこなす淫らビジネス美女…！ 俊英が描くサラリーマン官能の金字塔！

770円

長編官能小説
リモート人妻の誘惑
九坂久太郎 著

パソコンを通じて夫と会う人妻を画面外から愛撫する背徳の悦び…！ 現代エロスを追求した新たな誘惑ロマン。

770円

長編官能小説
誘惑の種付け団地
葉原 鉄 著

失業した童貞青年はふとしたきっかけで訳あり団地妻たちから種付けをせがまれて!? 気鋭の団地ハーレム長編！

770円

長編官能小説
ふたたびの熟れ肉
鷹澤フブキ 著

不本意な終わりを迎えた元彼女たちと再会した時、欲情の火は燃え上がる…鬼才の描く快楽のリテイクロマン！

770円

長編官能小説
絶対やれる健康診断
杜山のずく 著

夫婦の倦怠期に悩む男は、美人女医の勧めで性欲を取り戻す特別な健康診断を受ける…！ 白衣ハーレムロマン！

770円